「君が私の愛する女性を奪おうとしたら、どうなるか。分かるよな？」

Contents

国宝級令息の求婚

プロローグ　親友の憂鬱

「イラリオン！」

キュイエール王国の王太子であるヴィクトルは王宮にやって来た親友の姿を見つけると、すぐさま駆け寄った。

「ヴィクトル王太子殿下」

サラリと揺れる艶やかな黒髪に、清々《すがすが》しい青い瞳。

見る者を虜にする美しい顔立ちと、均整の取れた体躯。

国宝級と謳《うた》われる美貌の令息イラリオン・スヴァロフは、駆けて来た王太子に優雅な仕草で頭を下げた。

それに対してヴィクトルは息を切らせながらも手を振る。

「なんだ、よそよそしいな。いつも通り気安く話してくれ」

パチリと瞬きをしたイラリオンは纏っていた重苦しい雰囲気を和らげて、改めて親友に向き直った。

「ヴィクトル。どうした、そんなに慌てて」

イラリオンが問えば、ヴィクトルは余裕のない表情で親友の手を掴んだ。

「お前に折り入って話があるんだ。父上に見つかる前に、少しだけ時間をくれないか」

「ああ、分かった。もちろんだ」

いつになく深刻そうなヴィクトルの様子にイラリオンは即頷くと、二人はヴィクトルの執務室へと向かった。


「実はな……父上が、お前とアナスタシアの縁談を進めようとしている」

「国王陛下が、私と王女殿下の縁談を？」

「ああ。父上はお前をいたく気に入っているからな。どうしてもお前達を結婚させたいらしい。前々から話が出ては先延ばしにしてきたが、今回ばかりは止められそうにない。何がなんでもお前を娘婿にしたいんだろう」

「それは……困ったな」

「まったくもって困った……」

顔を見合わせた二人は、同時にため息を吐いた。

「王女殿下には想い合う恋人がいるじゃないか」

「そうなんだ。この話を聞いてからアナスタシアのやつ、塞ぎ込んでいてな。食事もまともにとっていないようだ。可哀想で見ていられない」

「陛下は王女殿下の恋人の存在を知らないのでは？」

「まあな。しかし、言ったところで聞く耳を持たないだろう。父上はとにかくお前を家族に迎え入れたいんだ。この話をすればどんな手を使っても二人を別れさせようとするはずだ」

プロローグ　親友の憂鬱

「……私個人としても、我が家門としても、王家との縁談は非常に光栄で有り難い話だが。王女殿下のことを思えば、到底受け入れるわけにはいかないな」

「イラリオン……！」

自分の利益よりも妹のことを考えてくれる親友に、ヴィクトルは心から感動してその名を呼んだ。

「ふむ。そうだ……こうなったら、陛下から打診がくる前に、私が先に結婚してしまえばいいのでは？」

「なっ！　ずっと結婚を避けてきたお前が、か？」

「アナスタシア王女殿下は私にとっても妹のような存在だからな。彼女が不幸になるところは見たくない。それに、そろそろ周りが結婚しろとうるさくて……いい加減、潮時だろう。結婚に踏み切るきっかけをくださるのだ、王女殿下に感謝しなければ」

気にするなと微笑む親友に、ヴィクトルは感激しきりだった。

「お前は本当に、最高の親友だ。アナスタシアのやつ、絶対イラリオンと結婚したほうが幸せになれるのに」

「そう言わないでくれ。エリックは素晴らしい男じゃないか。彼なら間違いなく王女殿下を幸せにしてくれるだろう」

眩しいほどの美しく優しい笑顔を見せて、イラリオンはヴィクトルを宥《なだ》めた。

他者を讃《たた》え、思いやり、決して驕《おご》ることはしない。

そんなイラリオンの性根のまっすぐな瞳を見て、ヴィクトルは心から親友に感謝した。

しかし、だからこそ。このまま何もかもを親友に背負わせるわけにはいかないとも思う。

この男には、なんとしても幸せになってもらわなければならない。

「それで、お前の好みは？　好きな令嬢はいないのか？　いないなら、どういう令嬢を所望だ？　妹のためにここまでしてくれるお前が幸せになれるよう、ぜひ協力させてくれ」

親友であるヴィクトルの言葉にイラリオンは頬を赤らめ、言い淀みつつも照れながら口を開く。

「じゃあ……綿菓子のようにふわふわした淡いミルクティー色の髪に、夜明けを告げるような幻想的な瞳。笑顔が似合う顔には可愛らしいそばかすがあって、動物と話ができると豪語するような……そんな令嬢はいるだろうか」

「は？」

何もかもが完璧な英雄であり、国中の女達を恋慕《れんぼ》という地獄に落とすほどの国宝級超絶有能美男子であるイラリオン。

そんな美貌の親友の、あまりにも独特で変わっていて妙に具体的な女の趣味に、ヴィクトルはそっと目を逸らした。

「……やはり、そんな令嬢はいないよな。無理を言って悪い。気にしないでくれ。国のため、家のため、互いの利になるような令嬢を選んで結婚するよ」

寂しそうに笑った親友を見て、ヴィクトルは頭を抱える。

「ちょっと待て……。一人だけ、お前の言うような令嬢に心当たりがある」

そうしてヴィクトルは断腸の思いで、とある令嬢の名を口にしたのだった。

第一章　国宝級令息

イラリオン・スヴァロフ。

このキュイエール王国で彼の名とその功績を知らぬ者はいない。

しかしながら、数々の功績を残す彼には称号が多すぎて、人々は親しみと畏敬の念を込めて彼を〝イラリオン卿〟と呼んでいた。

多くの宰相を輩出した名家、スヴァロフ侯爵家の後継に生まれ、国王の従妹を母にもち、幼い頃から卓越した頭脳で周囲の大人を圧倒してきた天才。

アカデミーは当然ながら首席で卒業。王宮の文官として望まれていたが、なぜか王室騎士団の門を叩いたかと思えば瞬く間に頭角を現し、史上最年少のソードマスターとして騎士団の猛者をまとめ上げ、若くして王室騎士団長にまで上り詰めた逸材。

そのまま武の道を突き進むのかと思いきや、王国の軍部を担う王室騎士団の団長として務めを全うする傍ら、宰相である父を補佐し、様々な助言と立案を行い政治の面でも国家に大きく貢献する。

それだけでは飽き足らず、アカデミー時代に書いた魔力と魔法の原理に関する学術論文は高く評価され、職務の合間を縫って発表した論文にて次元の狭間の検出方法確立による時空操作の新たな術式構想を打ち立てたことは、魔術の研究機関である魔塔から魔塔主就任の要請が掛かるほどの大発見だった。

多忙を極める彼はその誘いを断ったが、なんとしてもイラリオンとの繋がりがほしい魔塔は〝特別顧問魔術師〟という名誉職を作り、その名を魔塔に連ねてほしいと懇願した。

結局その熱意に折れたイラリオンは、その地位に就き魔塔にも籍を置くこととなった。

自ら志願し参戦した戦争では総司令官を務め、知略を駆使して巧みな戦術と敵を圧倒する剣術でもって先陣を切り、長年続いた隣国との戦争を見事勝利に導き終結させる。

この功績は高く評価され、国王から勲章と英雄の称号、伯爵位を授けられたのは記憶に新しい。

国王の覚えもめでたく、誰もが見惚れるほどの美貌を持ち、甘いマスクで王国中の令嬢を虜にする美男子。さらには鍛え抜かれた剣技の腕をもつソードマスターにして王室騎士団長、宰相補佐、特別顧問魔術師、英雄。

彼が次期スヴァロフ侯爵となるのはすでに決定事項。

それに加えて騎士団長という肩書にもかかわらず、次期宰相の最有力候補に挙げられ、魔塔からも次期魔塔主の呼び声が高い傑物ぶりはもはや伝説の域だった。

独自の功績で伯爵となった今も、彼が人々から〝イラリオン卿〟とのみ呼ばれるのは、彼の功績が伯爵程度では収まらないことに対する敬意の表れでもある。

ここまでくれば他の令息達からのやっかみが半端ではないはずなのだが、性格までもが果てしなくいい。

真面目で礼儀正しく爽やかで、思いやりがあり優しい紳士。それでいて気さくで時折茶目っ気まで覗かせるが、自分の実力に驕らず謙虚さを常に持ち合わせて他者を敬う心を忘れない。

やっかみを受けるどころか誰からも慕《した》われ、尊敬され、権力に執着する貴族も己の利にしか興味のない商人も偏屈な老人も市井《しせい》の年端もいかぬ小さな子ども達までもが、関係なく彼を称賛し一目置いた。

また、相手が誰であっても分け隔てなく接する物腰の柔らかさ、丁寧さ、上品さ、清らかさ。他者を貶める発言など彼の口から聞いたことはなく、常に国のために献身し尽力を惜しまない高潔さ。欠点など皆無な彼の人気は止まることを知らず、まさに国宝級とまで称される男。

そんな彼は現在、二十四歳独身。

幼い頃から勉学と鍛錬に励み、成人した後は熱心に仕事一筋を貫いてきたためか、今まで浮いた色恋話の一つもない清廉潔白な文武の才を兼ね備えた美貌の英雄。

嫁ぎ先として超絶有能最優良物件である史上最高のモテ男、天下の国宝級令息イラリオン・スヴァロフ……が、花束と求婚状を手に訪れたのは、とある伯爵家だった。


「イラリオン卿！　よもや王国の英雄と名高い卿にお越しいただけるとは、我が家門の名誉です」

「こんなに喜ばしいことはありませんわ！」

「クルジェット伯爵閣下、伯爵夫人、貴重なお時間を頂戴し感謝申し上げます」

眩しいほどの美貌で丁寧に挨拶をしたイラリオンを見て、ホクホクとした伯爵は満面の笑みを浮かべた。その隣で伯爵夫人も頬を紅潮させ微笑んでいる。

今や王国中の誰もがイラリオンの縁談について口にしない日はない。

そんなイラリオンが、見るからにそれと分かる花束と求婚状を手に我が家に来た。期待しないほうが無理である。

コンコン、と軽妙なノックの音に、伯爵夫妻は溢れ出す笑みを抑えることができなかった。

「入りなさい」

ニヤつきの収まらない伯爵の合図で応接室に入って来たのは、ツヤツヤとした金髪を緩やかに纏め上げた美しい令嬢だった。

「娘のソフィアです」

伯爵が紹介すると、令嬢は恥じらうようにイラリオンの目を見上げる。

「お初にお目に掛かります。クルジェット伯爵家のソフィアと申します」

ソフィアが礼をすると、イラリオンもまた優雅に立ち上がり礼をした。

「お会いできて光栄です、ソフィア嬢」

スッと頭を下げたイラリオンの所作のあまりの美しさに、ソフィアは頬をこれでもかと赤らめる。

その瞳は期待に満ち溢れていた。

誰もが憧れるイラリオンの花嫁の座を射止めるのは自分だと信じて疑わない表情。

身の内から沸き上がる興奮を必死に隠しながら、ソフィアはイラリオンの言葉を待った。

きっとすぐにでも求婚の言葉と花束がもらえるだろう。

しかし、いくら待ってもイラリオンから求婚の言葉はない。

それどころかイラリオンは優雅な笑みを見せつつも、何かを待つかのようにその場で黙り込んでいる。

「あの、イラリオン卿……？」

痺れを切らしたのはクルジェット伯爵だった。咳払いと共にイラリオンに声をかける。

「はい、伯爵閣下」

「娘に話があるのでは？」

「その通りです」

「ならば話を……」

「ですが、ご本人がいらっしゃらない場で申し上げるわけにはいきません」

「本人……？」

イラリオンの言っていることが分からず、伯爵は首を傾げた。

堪らず伯爵夫人が隣からイラリオンへと声をかける。

「娘のソフィアはここにおりますが……？」

心底不思議そうな伯爵夫妻を見て、イラリオンは爽やかな微笑みを絶やすことなく告げた。

「失礼ながら。私がお会いしたいのは、ソフィア嬢ではなくテリル嬢です」

その言葉に、伯爵と伯爵夫人、ソフィアは息を呑んだ。

「テリル嬢は今どちらに？」

イラリオンのどこまでも美しく、清廉で鮮やかな青い瞳がまっすぐに伯爵に向けられる。

伯爵は狼狽《うろた》えながらも、しどろもどろになって答えた。

「ちょ、長女のことを言っているのでしたら……何かの間違いでは？　アレはとてもイラリオン卿の前にお出しできるような娘ではありません」

〝アレ〟。

娘に対するその侮蔑のこもった言い方に、イラリオンはほんの少しだけ眉を上げた。

「いいえ、間違いではないかと。私は本日、テリル嬢にお会いしたく参ったのです」

「……アレはここにはおりません。情緒不安定で少々頭の悪い娘でしてね。大切なお客様のお邪魔になってはと、屋敷の外に出しております」

「そうですか。では、また後日改めてテリル嬢へのお目通りをお許しいただけないでしょうか」

明らかに長女を軽視する発言の伯爵に対し、イラリオンはあくまでも丁寧に懇願した。

「失礼ですが、テリルにどのような用件がおありなのですか？」

「本人とお話ししてからと思っておりましたが、私はテリル嬢に求婚させていただきたいのです」

ハッキリとそう告げたイラリオンに対し、クルジェット伯爵夫妻とソフィアは悲鳴のような声を上げた。

「求婚⁉　アレはイラリオン卿にふさわしい娘ではありません！」

「あんな娘、相手にする価値もございませんわ！」

「イラリオン卿！　イラリオン卿はアレのことを知らないのですわ。知っていればあんな女に求婚しようなどという物好きがいるはずありませんもの！」

　絶叫する親子に向けて、イラリオンは美麗で物憂げな微笑みを見せた。

「私はテリル嬢に心を寄せております。彼女にお会いしたのはたったの二度だけですが、彼女の許しをいただけるのなら、ぜひ私の人生の伴侶になっていただきたいのです」

　ただでさえ目が眩むほどの美貌を持つイラリオンが目を伏せてせつなそうに話す様は、目の保養どころではなくむしろ目の毒だった。

　あまりの美貌に両目を覆いながら、それでも伯爵親子はなんとか抵抗を試みる。

「失礼ながら、卿はアレに騙されているようだ！」

「一般的な常識をお持ちの方なら、あんな娘に心を寄せることなどあり得ません！」

「そうですわ!!　そんな男がいれば狂人もいいところですもの！」

　叫ぶ三人に向けられたイラリオンの瞳は、少しも揺らいではいなかった。

「狂人ですか。これは残念です。お三方は私をあまり良く思っておいでではないようですね。私が未熟なばかりにテリル嬢への求婚をお許しいただけないのであれば、より精進させていただきます。ですのでどうか、テリル嬢への求婚をお許しください」

「ぐっ……！」

　王国一の頭脳と肉体、美貌を持つイラリオンが丁寧に頭を下げている。

　その姿を前にしたクルジェット伯爵は、何も言えずに黙り込んだ。

　先ほどのソフィアの発言はまずかった。これ以上何かを言えば、天下のイラリオン・スヴァロフに対する侮辱と見做《みな》されてしまうかもしれない。

そんなことになればスヴァロフ侯爵家のみならず、彼を崇拝する王室から他の貴族家門、果ては国民全てを敵に回してしまう。

しかし、あの長女を表に出すわけにもいかない。

どうしたものかと、応接室に沈黙が落ちたその時だった。

コンコン
応接室の扉が叩かれ、伯爵が応えると一人のメイドが室内に入って来た。

お茶と菓子の載ったカートを押して来たそのメイドを見て、真っ先に動いたイラリオンは素早く部屋を横切る。

「テリル嬢。またお会いできて光栄です」

丁寧な仕草でメイドへと頭を下げるイラリオンに、その場の誰もが言葉を失った。

当のメイドは驚きのあまり準備しようとしていたティーカップを取り落とし、憐れにも床に落ちたカップは音を立てて割れた。

「どうして……」

メイドの格好でメイドの仕事をしていたテリルは、目の前に立つ美貌の青年から爽やかな笑顔を向けられて固まっていた。

イラリオンはパチンと指を鳴らして割れたカップを魔法で元に戻すと、その青く美しい瞳をまっすぐにテリルへと向ける。

「あなたに会いに来ました」

差し出された真っ赤なラナンキュラスの花束に、テリルは前髪の下に隠された目を見開いた。

「…………！」

戸惑うテリルを前にして美麗に微笑むイラリオンは、どんな令嬢でも一瞬で腰を抜かすほどに甘く低く掠《かす》れる声でテリルの名を口にする。

「テリル嬢」

そうして跪《ひざまず》くと、周囲の目も気にせずテリルを見上げ、美しい顔面を惜しげもなく晒しながらささやいた。

「あなたの夫となる栄誉を、どうかこの私にいただけませんか」

どう見ても下働きのメイドにしか見えない変わり者令嬢に、天下の国宝級令息イラリオン・スヴァロフが求婚した瞬間だった。

第二章　恋する英雄

「これはいったい、どういうことなの⁉」

ソフィアは父の前で髪を掻きむしりながら叫び声を上げていた。

丹念に結い上げていたツヤツヤの金髪は見る影もない。

「どうして私じゃなくて、あんな女が求婚されるのよっ⁉」

美しく着飾っていた姿は今や崩れきって、その顔には醜い憤怒の表情が浮かんでいた。

あの突然の求婚劇の後。

固まって身動きの取れないテリルを気遣ったイラリオンは、突然の訪問と求婚の無礼を詫び、返事はゆっくり考えてほしいと最後まで懇切丁寧に頭を下げて去って行った。

残されたクルジェット伯爵家の面々は、それはそれは騒然としていた。

家の中ではメイド以下の存在であるテリル。

長年召使いとして虐げてきた娘が、誰もが憧れる天下の英雄から求婚されるだなんて。

あまりの事態に、クルジェット伯爵は開いた口がしばらく塞がらなかった。

「あなた、まさか本当にあの娘をイラリオン卿に嫁がせる気じゃないわよね？　我が家の恥を晒すつもり⁉　さっきも見たでしょう、あの気味の悪い目！　あんな卑しい血の混じった娘を表に出すっていうの⁉」

娘の隣で金切り声を上げる妻に、伯爵は渋い顔で考え込んでいた。

「確かにあの小娘をのさばらせるのは不快だ。だが、考えてもみろ。あのスヴァロフ侯爵家と縁ができるんだぞ。あんな出来損ないの小娘が、こんなに高く売れることがあると思うか？　イラリオン卿の趣味には驚きを隠せないが……悪い話でもないじゃないか」

「あなた！」

「お父様！」

乗り気な伯爵に、夫人と娘は悲鳴を上げた。

「あのイラリオン・スヴァロフが、私の娘婿になるんだぞ？　政財界、社交界、騎士団に魔塔まで。何もかもを思い通りにできるチャンスだ。これを逃す手はない」

「でも……！　だったら私がイラリオン卿に嫁ぐわ！　そのほうがいいに決まっているでしょ！」

叫ぶソフィアにクルジェット伯爵は厳しい目を向けた。

「イラリオン卿はお前に少しの興味も持たなかったではないか。彼の趣味は相当変わっている。お前では無理だ」

キッパリとした父の言葉に、ソフィアは怒りと悔しさでワナワナと震えた。

「頭のおかしな穀潰しが、あのイラリオン卿の妻になるですって⁉　そんなこと、あっていいはずがないわ！　絶対、絶対に認めないから！」

淑女とは程遠い叫び声を上げるソフィアを伯爵は無視し、伯爵夫人は涙ながらに娘を抱き締めたのだった。

その頃、屋根裏の部屋というよりは寝床という表現のほうが適切な自室でぼんやりと座っていたテリルは、握り締めた花束に目を落としてその身を震わせていた。

「どこで間違ったの？　うまくやってきたつもりだったのに……」

イラリオンから渡されたラナンキュラスの真っ赤な花束。

それはまるで、これまでの行いを全て知っていると仄《ほの》めかされているような、言い知れぬ恐怖を感じさせた。

「違う。そんなはずないわ。私のことが彼にバレるはずないじゃない。彼は何も知らないのよ」

自分に言い聞かせたテリルは花束を部屋の外に出そうとして……手放すことができず、結局腕の中に抱き寄せた。

柔らかな花弁を優しく撫でるその指先には、確かに愛情が感じられる。

「ラーラ……」

毛布と蝋燭《ろうそく》一本しかない薄暗い屋根裏にはラナンキュラスの甘い香りが満ちて、テリルの胸を詰まらせるようだった。

◇

一方のイラリオンは、呼び出された王宮でヴィクトルと茶を飲んでいた。

「イラリオン。本当にあのテリル・クルジェットに求婚したのか？」

信じられない、という目で自分を見るヴィクトルに向けて、イラリオンはカップを手にしたまま堂々と頷いた。

「ああ。まだ返事はもらえていないが」

「よくやるよ……。俺がテリル・クルジェットの話をした途端飛び出して行ったかと思えば、あれから三日と経たず求婚だなんて。お前のことはいつも規格外だと思ってきたし、超人ぶりにはもう慣れたと思っていたが、今回は別の意味で驚愕《きょうがく》したぞ」

嫌味を言ったはずのヴィクトルに対して、イラリオンは邪気のない満面の笑みを向けた。

「ヴィクトルのお陰で彼女を見つけることができた。本当に感謝している」

その笑顔に何も言えなくなったヴィクトルは、毒気を抜かれて嘆息するほかない。

「代わりに俺は、国中の令嬢から恨まれることになるんだろうな。天下のイラリオン・スヴァロフの嫁候補に、よりによってテリル・クルジェットを勧めたのだから」

「何を言っているんだ。恨まれるだなんてとんでもない。私にとっては恩義しかないというのに。この心臓をかけて君に生涯の忠誠を誓いたいほど、今の私は浮かれているんだけどな」

言われてみれば、確かに今日のイラリオンはいつにも増してキラキラと輝いていた。肌も髪も、いつも以上にツヤツヤしている。

見たこともないほど上機嫌な親友の様子に、ヴィクトルは彼が冗談を言っているわけではないのだと感じて慄《おのの》いた。

「……それ、本気で言ってるのか？　テリル嬢を勧めたことが、お前にとってはそんなに重要なことだったのか？」

ニコリと笑ったイラリオンは、カップを置くと長い脚を組み、男であり親友であるヴィクトルさえも赤面するほどの美貌を惜しげもなく晒して頷いた。

「うん。あんなに可愛い人を、私は知らない」

美貌の国宝級令息の形のいい唇から飛び出した言葉に、ヴィクトルは耳を疑った。

「……可愛い？　可愛いって言ったか？　相手はあのテリル・クルジェットだぞ？　社交界に顔すら出さない、気が触れていると噂の変わり者令嬢……」

ヴィクトルはそこまで言って言葉を止めた。止めざるを得なかった。

普段はすこぶる穏やかなイラリオンの目に、鋭い殺気が宿っていたからだ。

その殺気を向けられた途端、容易に首を切られる自分の姿が脳裏に浮かんでヴィクトルは震え上がった。

最年少ソードマスターで王室騎士団長で宰相候補の英雄で特別顧問魔術師だなんて称号まであるイラリオンを相手に、たかが王太子風情でしかないヴィクトルが勝てるわけがない。

「ヴィクトル。いくら君でも、彼女を侮辱するなら私の敵と見做す」

これにはヴィクトルも思わず跳び上がった。

「ど、どうしたんだイラリオン……！　お前が俺にそんなことを言うなんてよっぽどだろう！」

清廉潔白、いつも生真面目で礼儀正しいイラリオン・スヴァロフがヴィクトルを威嚇するだなんて、これまでの長い付き合いの中で一度としてなかったことだ。

幼少期のヴィクトルがイラリオンの才能に嫉妬して意地悪をした時も、モテまくるイラリオンが気に入らなくて理不尽な言いがかりをつけた時も、劣等感が爆発して嫌がらせをした時も。イラリオンはいつも穏やかに笑って受け入れてくれた。

次第にイラリオンに対して意地を張るのが馬鹿らしくなって、無二の親友となって数年。ひねくれ王子だったヴィクトルは、イラリオンに感化されて勉学や鍛錬に励み、立派な王太子となった。

ただし、問題児の王子を更生してくれたこともまた、国王がイラリオンを高く評価する理由の一つであることを当のヴィクトルは知らない。

そんな親友として彼と苦楽を共にしてきたと自負するヴィクトルでさえ、イラリオンが怒っているのを見るのは初めてだった。

絶句するヴィクトルを前に、イラリオンはバツが悪そうに下を向いた。

「彼女は私の初恋の相手なんだ。長年望んでやっと会えたのだから、有頂天になって周りが見えなくなるのも当然だろう」

高潔の騎士が。

美貌の英雄が。

国宝級と讃えられる令息が。

どんなに美しい令嬢に囲まれてもまったく異性としての興味を示さなかった男が。

その辺の少年のように恥じらい恋を語る姿は、とても奇妙だ。

「初恋だって⁉　お前……本当に俺の知っているイラリオン・スヴァロフか？」

ヴィクトルの掠れた声に、イラリオンは恥ずかしそうに頬を掻く。

「恋をした男ほど愚かな者はいないと、君も常々言っているじゃないか」

「それにしたって……」

確かにそれはヴィクトルの口癖の一つだったが、ヴィクトルがその言葉をイラリオンによく聞かせていたのは、この親友にだけは当てはまらないと思っていたからだ。

「どうやら私は本当に、その愚か者になってしまったらしい」

頬を染めてため息を吐くイラリオンは、発光するほど美しかった。

まだ自分の目が信じられないヴィクトルだったが、長年国のために献身してきた親友がただの男として恋に翻弄されているのだと思うと、無性に応援したくなってくる。

「分かった。俺はこの件に関して、親友であるお前の気持ちを全力で応援する」

ヴィクトルが本気でそう言ってくれていることを察したイラリオンは、ホッとしたように微笑んだ。

「ありがとう、ヴィクトル。十五年間、一途に彼女を想い続けてきた甲斐があったよ」

紅茶に手を伸ばしていたヴィクトルは、危うくカップを取り落としそうになった。

「十五年間⁉　まさか、お前がずっと結婚を避けていたのって……！」

驚愕するヴィクトルに、イラリオンは照れながら頷く。

「お、お前ほどの能力があれば、もっと早く彼女を捜し出せていたんじゃないのか？　どうして今まで何もしなかったんだ？」

声を裏返らせるヴィクトルに対して、イラリオンは何かを懐かしむような目をして答えた。

「捜さないでと言われたから」

「……は？」

そうしてもう一度カップを手に取ったイラリオンは、冷めた紅茶を飲みながら初めてテリルと出会った幼い日のことを思い出し、胸の奥が熱くなった。

『全部やったらいいじゃない。文官にもなって、騎士にもなるの。魔術も研究して、どうせなら宰相と騎士団長と魔塔主を全部やっちゃえばいいわ』

『あなたは絶対、自分のやりたいことを成し遂げられる』

あの日彼女に出会っていなければ、今のイラリオンはなかった。

イラリオンが手にしてきたものは全て、彼女が授けてくれたものだ。

「彼女の願いを無視したわけじゃない。私が彼女を捜したのではなく、君が彼女のことを私に教えてくれただけだ。そうだろう？」

茶目っ気を乗せた国宝級令息の青い瞳に、ヴィクトルはただただ呆れ果てて天を仰ぐのだった。

「それにしても。ここ最近は社交界どころか伯爵邸の中ですら彼女の姿を見た者はいないと聞いたが、テリル・クルジェットの体調は大丈夫なのか？」

首を傾げるヴィクトルにイラリオンは淡々と説明した。

「特に問題はなさそうだった。そんな噂が広がったのは、彼女がクルジェット伯爵家でメイドの格好をさせられてメイドの仕事をしていたからだろうな」

「……は？　なんだって？」

動きを止めたヴィクトルは眉を顰《ひそ》めて親友を見た。

「テリル嬢は伯爵家で冷遇されていた。とても令嬢としての扱いを受けてきたようには見えない。私がテリル嬢に求婚したいと言った時の伯爵夫妻とソフィア嬢の形相といったら。私を狂人扱いまでしていた」

「待て。待て待て。情報量が多すぎる。彼女は変わり者と噂されているとはいえ、誰よりも正統なクルジェット家の令嬢だろう。メイド扱いとは……。それに、お前を狂人？　天下のイラリオン・スヴァロフを？　俺の親友を？」

ふつふつと怒りが込み上げるかのように、青筋を浮かばせるヴィクトル。

それに対してイラリオンは冷静な目を向けた。

「私はテリル嬢が求婚を受け入れてくれたら、すぐにでもクルジェット伯爵家から連れ出そうと思っている。婚約者であれば私の邸宅に住んでも問題ないだろう？」

「それは……そうだが。そもそもお前の話が本当なら、クルジェット伯爵家には調査が必要じゃないか。だって現クルジェット伯爵は……」

「その件に関しては、どうか今は動かないでくれないか。テリル嬢が現状をどう思っているのか分からない。彼女がことを荒立てたくないのであれば、穏便に済ませてあげたい。本当はすぐにでも彼女をあの家から連れ出したかった。しかし、彼女の意に反することはしたくないんだ」

イラリオンの表情を見たヴィクトルは、言いたいことを呑み込んでただただ頷いた。

「……分かった。お前がそう言うなら」

「それに。出るところに出た場合の計画は立ててあるから問題ない」

淹《い》れなおした熱い紅茶に口を付けながら恐ろしい一言を漏らしたイラリオンに、ヴィクトルはゾッとする。

そうだった。目の前の美貌の青年。先ほどまで自分自身を恋に落ちた愚か者呼ばわりしていた彼は、この国が誇る英雄だった。

その仕事の速さときたら、王室騎士団長として多忙を極めるくせに宰相補佐までこなして、さらには魔塔の研究にも携わっているかと思えばこうしてヴィクトルとお茶する時間を確保するくらい、規格外な出来の良さなのだ。

そんなイラリオンが初恋相手の事情を知って黙っているわけがなかった。

すでに手を打っているのか。それはそうだろう。当然だ。

親友のいつも通りの有能さにヴィクトルが感心していると、急にソワソワと揺れ出したイラリオンは改まったように咳払いをした。

「コホン。それで……ヴィクトル。頼もしい王太子殿下に一つ、お願いがあるんだが」

ヴィクトルは、今日何度目かの驚愕に目を見開いた。

あのイラリオンが。今まで王太子の親友という立場にもかかわらず公私混同などしたことはなく、ひたすらにヴィクトルに尽くしてくれた男が。

初めてヴィクトルに何かを〝お願い〟しているだなんて。

親友から頼られて嬉しいヴィクトルは、咳き込みそうになりながら目を輝かせた。

「な、なんだ？　なんでも言ってみろ！」

前のめりになったヴィクトルへと、イラリオンはもう一度咳払いをしてから口を開く。

「彼女を迎え入れるにあたり調度品やドレスを揃えたいのだが、これまでそういったこととは無縁だったので、勝手が分からず……。女性ものの商品に詳しい者を紹介してもらえないだろうか」

なんだそんなことかと少々拍子抜けしたヴィクトルだが、それでもあのイラリオンが自分を頼ってくれたことが嬉しくて、何度も頷いてみせた。

「すぐに手配しよう」

「助かる。ついでに屋敷も購入したから内装工事も必要なんだ。短期間で終わらせるには王都中の職人を雇わないとな」

それを聞いたヴィクトルは、今度こそ紅茶を吹き出した。

「おっ、お前……何を購入したって？」

「屋敷だ。結婚するならスヴァロフ侯爵家とは別の新居があったほうが彼女も気楽だろう？」

「…………」

あんぐりと口を開けたヴィクトルは、いよいよ目の前の麗人がイラリオン・スヴァロフのドッペルゲンガーではないかと疑い始めた。

いや、こんな超絶美男がこの世に二人もいるはずはないのだが、しかし。

物欲など皆無、無欲で散財とは無縁の男。

仕事一筋、清廉潔白、質素倹約、勤倹小心。

どんな大金を手にしてもすぐに神殿に寄付してしまう、そんな男が。

ヴィクトルの理解が追いつかない勢いで盛大に金を使おうとしている。

それも、全ては王国一の変わり者令嬢のために。

「スヴァロフ家からも信頼できる使用人を連れて行こうと思うんだが、どんなに準備しても足りない気がしてならない。やはり使用人も新たに雇い入れて……そうなると優秀な人材をどこで……庭園には特に力を入れたいから庭師は……」

その後もブツブツと真剣ながら幸せそうに結婚後の新居の話をするイラリオンは年相応の……というよりも、遅れてきた春を謳歌する少年のように見えた。

親友が結婚するという事実をだんだん実感してきたヴィクトルは、居ても立ってもいられなくなる。

「あー、ついにお前が結婚か！　その、式にはもちろん呼んでくれるよな？　当然、俺はお前の親友なんだから新郎の友人代表としてベストマンを……」

ワクワクしながら親友の様子を窺うヴィクトルに、イラリオンは爽やかに微笑んだ。

「ああ。王太子殿下に依頼するのは気が引けるが、私の親友はヴィクトルだけだから。君さえよければ、ぜひお願いしたい」

誰からも大人気の親友からそう言われたヴィクトルは、静かに喜びを噛み締めていた。

本当は叫びたいほど嬉しいが、王太子としての威厳がある。

「ふふん、楽しみだな」

ニヤける口元を隠して冷静さを装いながら式の日取りはいつがいいだろうかと盛り上がるヴィクトルだが、イラリオンは紅茶を飲むとカップを置いて目を伏せた。

「だが、まずは彼女から色良い返事をもらえなければ意味がない」

浮かれるヴィクトルとは反対に、急に沈んだ声を出すイラリオン。

その呟きを聞いたヴィクトルは、思わず笑ってしまった。

「はあ？　おいおい、イラリオン。お前は国宝級とまで称されるイラリオン・スヴァロフだぞ？どこの世界にお前の求婚を断る令嬢がいるんだ？」

しかし、笑っていたヴィクトルはイラリオンの表情を見て次第にその笑みを引っ込める。

「嘘だろ。まさか、お前……フラれそうなのか？」

「……正直に言うと、自信がない。私は彼女に不釣り合いじゃないだろうか？」

両手で顔を覆うイラリオン。

それを見たヴィクトルは、いよいよこれは夢ではないのかと訝《いぶか》しんだ。

あの天下のイラリオンが女にフラれる？　それこそ悪夢もいいところだ。

いつも堂々と、戦場にあってさえ高貴な姿のイラリオンが、こんなふうにモジモジとして自信なさげにしている姿は新鮮だが、親友として看過できない。

テリル・クルジェット。噂でしか聞いたことのない変わり者令嬢は、どれほど魔性の女なのか。

イラリオンを泣かせたらただでは済まさない。

国宝級令息の親友である王太子は、心の中でそう誓ったのだった。

第三章　秘密の花色

「テリル！　我が娘よ！」

「ひっ！」

イラリオン・スヴァロフが衝撃の求婚をした翌日。

いつものように朝から床磨きをしていたテリルは、自分を抱き締めようと手を伸ばしてきた父を全力で回避した。

ゾッと鳥肌を立てながら後ずさる娘へ、伯爵は満面の笑みを向けてくる。

「なぜ逃げるんだい？　私の愛しい娘」

「お父様……いったいどうされたのですか？」

テリルの声には底知れぬ恐怖が宿っていた。

長年虐げられ、空気よりも軽い扱いを受けてきたテリルにとって、この男から笑顔を向けられるのは背筋が凍るほどに悍《おぞ》ましいことだった。

立ち塞がる伯爵は、演技じみた声で話しながらにじり寄ってくる。

「今までお前には苦労をかけすぎてしまったと思ってな。もうそんな雑用はしなくていい。これからはお前をソフィアと同等に扱おう。部屋も屋根裏から新たな場所に移してやる。ドレスも好きなだけ買ったらいい」

ニヤニヤとしたその下卑た笑みに吐き気さえ覚えながら、テリルは必死に首を横に振った。

「お気遣いは有り難いのですが、私は現状に満足しておりますので結構です」

「馬鹿を言うな！」

ニヤニヤしていたかと思えば突然怒鳴られて、テリルはビクリと身を固くした。

「あのイラリオン卿がお前に求婚したんだぞ！　お前をこんなみすぼらしい姿のままにしておけば、私が悪者扱いされるではないか！」

そう叫ぶと伯爵は持っていたステッキを振り上げた。

「……ッ！」

身構えたテリルを見下ろした伯爵は、思い出したように息を吐いて自らを落ち着かせる。

「やれやれ。危うく嫁入り前の娘に傷をつけるところだった。これからは気をつけないとな」

殴られなくて済んだことにホッとしつつも、テリルは父の言葉にドキリとする。

「お父様。その件ですが、私にはとてもあのお方の妻は務まりません。どうかお断りを……」

「まだふざけたことを抜かす気か⁉」

ステッキの先を向け、伯爵は娘を威嚇した。

「いいか、相手はあのイラリオン・スヴァロフだぞ⁉　この縁談がどれほど我が家に利をもたらすか、そんなことも分からん小娘が！　貰い手のない出来損ないが！　勝手なことをほざくな‼」

「……きゃっ！」

髪をひっぱられ、テリルのクセ毛に隠れていたその顔があらわになる。

その瞳を見た伯爵は、吐き捨てるように言った。

「何度見ても気味の悪い目だ。卑しい血の混じったお前を引き取って育ててやった恩を忘れたのか、この恩知らずめ！」

「きゃっ！」

思い切り投げ飛ばされたテリルが床に叩きつけられそうになったところで、すかさず力強い腕がその体を受け止めて助け起こした。

「大丈夫ですか？」

「えっ？」

驚いたテリルが目を見開き、伯爵はステッキを取り落とす。

「あ、あなたはっ！」

そこにはイラリオン・スヴァロフが跪いて気遣わしげな瞳をテリルに向けているではないか。

「どこか、お怪我はありませんか？」

テリルに怪我がないことを目視で確認すると、イラリオンは伯爵にその清廉な青い目を向けた。

「伯爵閣下。これはいったい、どういうことでしょう？」

「な、なぜイラリオン卿がここに……」

「玄関先でお取り次ぎをお願いしていたところだったのですが、尋常ではない怒鳴り声が聞こえ緊急事態かと思い、不躾にも上がり込んでしまいました」

テリルを丁寧に支えながら立ち上がったイラリオンのまっすぐな視線に耐えきれず、伯爵は汗を流した。

「この無礼はお詫びいたします。ですが、あまりにも穏やかではない場面に居合わせてしまい私も混乱しています。この状況をご説明いただくことは可能でしょうか？」

「ご、誤解です……！　あー、その。よくある家族間の小さな問題です。少々力が入りすぎてしまったようだ。テリル、すまなかった。怪我はないか？」

「………」

白々しい伯爵の言い訳と呼びかけに、テリルは答えなかった。突然現れたイラリオンに驚いて、答えている余裕がなかったのだ。

イラリオンはテリルを庇うように前に立つと、伯爵に向けて丁寧に口を開いた。

「伯爵閣下。本日はテリル嬢をお誘いしたく参ったのですが、この様子では外出は難しそうです。代わりに令嬢と二人でお話をさせていただきたいのですが、お許しくださいますか？」

「それは……っ！」

テリルに余計なことを言われては困ると伯爵は焦ったが、ここで断れば自分の行為が怪しまれてしまう。

伯爵はテリルを睨みつけると、イラリオンに対して愛想の良い笑みを浮かべた。

「もちろんですとも。準備しますのでどうぞこちらへ」

応接室へ案内した伯爵は、余計なことは何も言うな、と小声でテリルに釘を刺して大人しく部屋を出て行った。

あろうことか伯爵は、部屋の中にイラリオンとテリルだけを残して完全に扉を閉めた。

本来であれば、未婚の……それも婚約すらしていない男女を密室で二人にするなどあり得ない。最低限の礼儀として、こうした場では扉は開けておくものだ。

それを閉め切ったということは、伯爵は娘を好きにしてくれと言っているようなもの。

今ここにいる男が自分じゃなかったら、イラリオンは怒りに任せて伯爵を吹き飛ばしてしまったかもしれない。

だが今は、せっかく会えた目の前の人との時間を大切にしたかった。

伯爵に対する憤りは一旦抑え、イラリオンはテーブルを挟んだ向かい側に座る彼女に改めて体を向けた。

「申し訳ありません。返事は急がないと言いつつ、待ちきれずにこうしてテリル嬢に会いに来てしまいました」

「いえ……助けてくださりありがとうございます」

丁寧なイラリオンに対し、テリルは目を合わせず礼を言う。

「何があったのか、お聞きしても？」

「……特別なことがあったわけではありません。父の申していた通り、少々誤解があったのです」

下を向いたまま淡々と答えるテリルを、イラリオンは静かに観察していた。

「そうですか。……もしかして私の行動はご迷惑でしたか？」

急に沈んだ声を出すイラリオンに、テリルは慌てて顔を上げた。

「そ、そんなことはありません！」

そして自分を見つめる美貌の英雄と正面から目が合う。

「やっと、その瞳を見せてくれましたね」

微笑んだイラリオンは、どこからともなく花を一輪取り出してテリルに差し出した。

「っ！」

その花がラナンキュラスであること。オレンジ色であること。

テリルは怯えながら、恐る恐る花を受け取る。

「私達がこうして面と向かってお会いするのは四度目です」

テリルが花を受け取ってくれたのを見て、イラリオンは目を細めながらささやいた。

四度目、という言葉にテリルは大きく反応した。

「初めて出会ったあの幼い日に、あなたは私の進むべき道を照らしてくれました。あなたがいたから今の私があるのです。私はずっと、あなたに感謝して生きてきました」

大袈裟なイラリオンにギョッとしたテリルは、彼の言葉を全力で否定した。

「それは……っ、違います。全てはあなたの実力で、私は関係ありません！」

否定するテリルを見て、イラリオンは嬉しさを抑えることができなかった。

「やはり、覚えてくれていたのですね」

「あ……」

咄嗟《とっさ》に手で口を覆ったテリルだが、テリルがあの日の少女であることも、あの日のことを覚えていたことも、イラリオンに確信させてしまった。

しかしイラリオンは、戸惑ったように怯える彼女が忍びなく、すぐに話題を変える。

「テリル嬢。突然ですが、私の昔話にお付き合いいただけますか？」

「………」

ゆっくりと頷いたテリルの、その細い手の中に握られたラナンキュラスに指を伸ばして、イラリオンは話し始めた。

「私はこのラナンキュラスが好きです。私の人生の節目にはいつも、この花がありました」

懐かしむようなその眼差しに柔らかさを乗せて、イラリオンは黙り込むテリルに自分の話を聞かせる。

「それはとても奇妙で、そして不思議な縁でした。例えば論文を初めて魔塔に認められた時、アカデミーを首席で卒業した時、騎士団に入り実力を認められた時、父の改革を手伝い成功した時、ソードマスターになった時も、騎士団長に就任した時も、特別顧問魔術師の称号をいただいた時も、戦争で勝利した時も。まるで私の活躍を祝ってくれているかのように、私の元にはいつも送り主不明のラナンキュラスが届いたのです」

ビクリと反応するテリルを愛おしげに見つめながら、イラリオンは続けた。

「時には緑、時には紫、時には黄色、ピンクに赤……。とにかく色とりどりのラナンキュラスがその時々の私を癒やし、励ましてくれました」

「………」

テリルは何も言わなかった。

想定内のイラリオンはさらに続ける。

「ラナンキュラスが運んでくれていたのか、私はいつだって強運に恵まれてきました。いつもいつも、思ってもみないような幸運が訪れては私を導いてくれるのです」

イラリオンはこれまで誰にも話したことのないその話を、テリルに語って聞かせた。

「現魔塔主のグレゴリー氏が私の論文を目にしたきっかけは、とある匿名の手紙に熱心に勧められたからだとか。その熱意に押されて私の論文を読み、声をかけてくださいました」

「…………」

テリルの肩が、ピクリと揺れる。

「アカデミー卒業後、騎士団への入団を希望した際は、少々物議を醸してしまったこともあります。宰相を多く輩出した文官の一族であるスヴァロフ家から騎士が育つのかと。そんな時、公明正大を謳う騎士団には血筋や家柄で騎士の素質を判断しようとすることに対する抗議文が届いたそうです」

「…………」

テリルは拳を握り締めた。

「他にも、私は一度、命を落としかけたことがありました。戦場で負傷した部下を救出するため、単身で敵地に乗り込んだ時のことです。重傷の部下と共に逃げ惑い、私自身も怪我を負った中で、誰かが私達を助け、安全な洞窟に導いて夜通し看病をしてくれました」

あの日負った傷痕が残る自らの肩に触れて、イラリオンはテリルを見た。

「意識は朦朧《もうろう》としていましたが、私はあの日、確かに夜明け色の瞳に向けて感謝を伝えた記憶があります」

「…………」

「夜が明け、すっかり軽くなった体で目を覚ますとそこには誰もおらず、一本のラナンキュラスだけが残っていました」

ここまで黙って話を聞いていたテリルは、イラリオンが話し終えるとオレンジ色のラナンキュラスをテーブルに置き、背筋を伸ばして彼に向き直った。

イラリオンもまた、背を伸ばしてテリルを見る。

正面からピタリと合わさり、逸らされないその瞳に安心しながら、イラリオンは核心を口にした。

「私を助けてくれていたラナンキュラスの送り主は、あなたですね？」

ラナンキュラスを挟んだテーブルの上には、重い沈黙が広がっている。

その沈黙を破ったのは、テリルのため息だった。

彼女は手入れのされていないボサボサの髪を掻き上げると、吹っ切れたように前を見る。

「はあ……。あなたはそういう人でした。頭が良くて、鋭くて、いつも正しい答えを導き出してしまうんだから」

そうして困ったように眉を下げて笑い、不思議な色彩を放つその瞳をまっすぐにイラリオンへと向けた。

「そのように断言されるということは、今さら言い逃れしたって無駄なんでしょうね。相手は他でもないイラリオン卿、あなたなのですもの。あなたに何もかもを隠し通せると思っていたなんて、自分の傲慢さに呆れてしまいます」

そこにいたのは、先ほどまで何かに怯えていた口数の少ない令嬢ではなかった。

強い瞳でイラリオンを射抜く、あの日出会った少女そのもの。

「では……」

「そうです。もう諦めて白状します。あなたが先ほどおっしゃったことは、全て私がやったことです。……ご迷惑でしたか?」

「とんでもないです。私がどれほどこの花に助けられたか、あなたには想像すらできないでしょう」

イラリオンは切々とその想いを訴えた。

「私が目指そうとする道を、当初は多くの人々が嘲笑《あざわら》いました。父の跡を継ぎ立派な宰相となりたい、剣の腕を磨き騎士となって戦争を終わらせたい、研究した魔術の新説を世に発表したい。同時に多くを望む私の夢は時に呆れられ、無理だ、無茶だ、無謀だと止められました」

今でこそ実力を認められ、多くの称号と功績を手にして誰からも讃えられるイラリオンだが、彼が今の地位を築くまでには、血の滲むような努力と絶え間ない絶望、そして挫折があった。

「このラナンキュラスを送ってくれた人だけは、私が世間に注目されるずっと前から変わらずに花を送り続けてくれました。いつも私を応援し、味方でいてくれる人がいる。そう思えたからこそ、私はここまでやってこられたのです」

その苦悩の中で、あの日出会った少女の言葉と人生の節目に届くラナンキュラスが、どれほど大きな救いをもたらしていたか。

真剣に語るイラリオンを見て、テリルは申し訳なさそうに目を伏せた。

「私には、花を送るくらいしかできることがなかったんです。あなたが孤独であることは分かっていました。毎日歯を食いしばって血反吐《ちへど》を吐くような努力をしてきたことも。人々はあなたの華やかな外見と才能だけを褒めたたえますが、あなたが一日も鍛錬を欠かさないことや、寝る間を惜しんで勉学に励んできたことを知ろうとする人なんていないんですもの」

イラリオンの目には、彼女が怒っているように見えた。

イラリオンの外面ばかりを讃える人々に対して、彼が経験してきた苦悩を知りもしないで、と。

そんなふうに怒ってくれている人がいる事実に胸が熱くなったイラリオンは、目の前の女性に再び巡り会えたことを神に感謝した。

「でも、どうして花の送り主が私だと気づいたのです？」

イラリオンが密かに感激していると、テリルは不思議そうに疑問を口にした。ふと笑ったイラリオンは、その問いに答える。

「ラナンキュラスは戦場にまで届きました。それも、戦地の真ん中にです。私は軍の総司令官として、食糧の配給や郵送物とは別ルートで届けられたその花の運び人を特定する必要がありました」

その先を察したテリルは頭を抱えた。

「私にラナンキュラスを運んでくれていたのは人ではなく、一羽のカラスでした」

「あの子ったら……見つからないようにとあれほど言いつけておいたのに」

口を尖らせて小さな声で文句を言うテリル。

その可愛さに胸を撃ち抜かれながら、イラリオンは問いかける。

「あのカラスは私達が初めて出会った日の前日に、私が助けたカラスですね？　あの時はまだ飛ぶ練習をし始めたばかりの若鳥でしたが」

「……そうです。お陰様ですっかり元気に育ちました。今も定期的に私に会いに来るので、お使いを頼んでいるんです。けれど、迂闊《うかつ》なところはあの頃からちっとも変わらないんです」

頬を膨らませて肩をすくめながら文句を言うテリルを心の底から愛おしく思いながら、イラリオンは姿勢を正して真剣な目をした。

「なぜ今まで、私と直接会うことを避けてこられたのですか」

投げかけられた問いに、テリルは首を横に振る。

「……答えたくありません」

それは、イラリオンの気質をよく理解した答えだった。

「あなた相手に隠しごとができないことはよく分かりました。ですから、理由があったとだけ言っておきます。ですが、その理由をお教えすることはできません」

隠されるわけではなく、真正面から答えたくないと言われてしまえば、イラリオンはそれを無理に暴こうとは思えなかった。

彼女が嫌がるようなことはしたくない。

無理に問い詰めることも聞き出すこともできなくなったイラリオンは、代わりに一番聞きたかったことを恐る恐る問いかける。

「……それでは、これからも私には会ってくださらないのですか？」

やっと巡り会えた彼女が再び目の前から消えてしまったら、イラリオンは自分でもどうなるか分からない。

その切実な想いが伝わったのか、テリルは眉を下げながらも慎重に考え込んだ。

「……分かりません。ただ、ここまでバレてしまったのなら、もう開き直ってもいいかなと思っています」

寂しそうなイラリオンを見てそう答えたテリルに、イラリオンは身を乗り出して懇願した。

「でしたらどうか、私の求婚の件も真剣にお考えください」

「それは……」

途端に揺れたテリルの瞳を見逃さず、イラリオンは慌てて付け加える。

「もちろん、私個人の私欲のためだけに申しているのではありません」

ここで断られては心が折れてしまう。

なんとしてもテリルに頷いてほしいイラリオンは、先ほどの伯爵の行動を利用することにした。

「あなたに対する伯爵のあの態度は目に余ります。このような家に恩人であるあなたを置いておくわけにはいきません。どうか私に、あなたを助けるお手伝いをさせてくれませんか」

「つまり、私をこの家から連れ出すために、あなたは私と結婚してくださるということですか？」

「……そうです」

「ダメです。それは絶対に受け入れられません」

それは見事な即答だった。

イラリオンの心が絶望に打ちのめされる。

しかし、どんな境地に立っても乗り越えてきた男、国宝級令息の英雄イラリオン・スヴァロフはこんなことで諦めはしない。

イラリオンはテーブルの上に置かれた一輪の花を見た。

「……ラナンキュラスには多くの花言葉があります。例えば赤色は『あなたは魅力に満ちている』、このオレンジ色は『秘密主義』。花全体としては『晴れやかな魅力』や『光輝を放つ』といった花言葉がありますね。その他にも『忘恩』という花言葉があります。あなたは私に、恩を忘れるような恩知らずになれと？　あなたに恩を返す機会すら与えてくださらないのですか？」

眉を寄せてその美貌を全面に出しながら、つらそうな顔をするイラリオン。

その言葉を聞いたテリルは、ハッとしてラナンキュラスに目を落とす。

　そして意を決したかのように口を引き結び、その幻想的な瞳でイラリオンを射抜くと、彼女は衝撃的な一言を発した。

「イラリオン卿。私はあなたを愛しています。あなたのためならこの命を差し出してもいいと思うくらい、心から」

「……ッ！」

　イラリオンは、思わずクルジェット伯爵家の応接室を丸ごと破壊しそうになった。内に秘める魔力と剣気が暴走して爆発しそうになるくらい、テリルの言葉の威力はすさまじかったのだ。

　しかし、周囲一帯を吹き飛ばしてしまいそうになるほどの喜びは束の間のものだった。

「ですから、あなたの求婚はお断りいたします」

「……は？」

　まるで、天まで昇ってから一気に地面に叩きつけられたようなその衝撃に、さすがのイラリオンも現実を受け止めきれない。

「な、なぜですか？　先ほどは私のことを、その、愛していると……。少しでも私に好意を抱いてくれているのなら……」

「愛しているからこそ、あなたには幸せになってほしいのです」

「…………」

言葉が出ない。

イラリオンの優秀な頭脳が、ぐるぐると頭蓋骨の中で空回っているかのようだった。

「恩義や同情で、私のような女を娶《めと》るなんて。そんなのはダメです。あなたはあなたの愛する人と結ばれなければなりません」

頭の回転が速いことで知られるイラリオンは、自分の思考が停止するのを感じた。

どうしよう。彼女の言っている言葉の意味が理解できない。

しかしそれでも、なんとか軋《きし》む脳を稼働させ、ある可能性に思い至った。

もしかしたら彼女には、求婚した理由が正しく伝わっていないのではないだろうか。

イラリオンの言動が、彼女を誤解させてしまったのかもしれない。

「恩義や同情ではありません。私もあなたを愛しているのです」

真剣な表情で愛を告白したイラリオンに、テリルは嬉しそうに微笑んだ。

イラリオンはホッと胸を撫で下ろす。

しかし、再び彼女はイラリオンの思考を切り裂く爆弾発言をする。

「ありがとうございます。ですが、無理をする必要はありません」

頭を殴られたような衝撃だった。

無理をする必要はない?

言葉の意味は理解できるのに、意味が分からない。

「私はあなたが優しくて誠実な人だと知っています。求婚した手前、あなたは私のような女を本当に愛そうと努力してくださっているのでしょうが、どうかそんな無駄なことはしないでください」

「…………」

イラリオンは泣きたくなった。

愛そうと努力してる？　なんの話だ。

こんなにも狂おしいくらいに、目の前の彼女が愛おしくて愛おしくて堪らないというのに。

幼い日のイラリオンに生きる希望を与えてくれ、陰ながら応援し、励まし、時には助け、ずっと見守り続けてくれた恩人。

他の多くの人々のようにイラリオンの表面だけを好き勝手に騒ぎ立てて評価することなどせず、その努力と苦悩を何よりも理解して大事にしてくれる、そんな女性は彼女しかいない。

むしろ、彼女を諦める努力をするほうが何億倍も難しい。

やっと見つけた手の届くところにいる彼女を、今すぐにでも捕まえてしまいたいのに。

「私の想いを疑うのですか」

結局イラリオンは情けないと思いつつも、涙ながらに彼女の情に訴えてみた。

その美貌を全面に押し出して物悲しげな顔をしたイラリオンに、テリルは動揺しながら慌てて口を開く。

「いいえ、そういうわけではありません。あなたは本当にそうできる人ですから。ただ、私なんかにお心を砕くのは時間の無駄です。愛するあなたにそんな無意味なことをさせて、ただでさえ惜しい時間を浪費させたくはないのです」

ダメだ。話が通じない。

イラリオンは直感でそう思った。

いや、話は通じているし、想いだって通じ合っているはずだ。なのに、どうしてこんなにも噛み合わないのか。

「そんなことは、ありません。……私はあなたを」

頭痛を覚えながら、なんとかこの身を裂くような想いを分かってほしくて言葉を選ぶイラリオンを遮り、テリルは首を横に振った。

「いいえ。イラリオン卿が本当に愛する人を見つけた時、私なんかで時間を無駄にしたことを、きっと後悔します」

せつなそうにする彼女に、こっちの胸が張り裂けそうだ。

この世に終わりがあるのなら、それは今この時なのではないか。

そう思うくらいに絶望したイラリオンは、もう思考を放棄したくなった。

しかし、国宝級とまで称される男には、優れた頭脳がある。

瞬時に頭を切り替え脳をフル回転させて現状を把握し、計算式を弾き出す。

ここは一つ、卑怯な手を使ってでも彼女を繋ぎ止めておくべきだ。

今を逃せば再び目の前から消えてしまいそうな彼女を、絶対に手放したくはない。

幸いにもイラリオンには、この短時間で見抜いた彼女の弱点を利用する奥の手があった。

イラリオンが見抜いたテリル・クルジェットの弱点。

それは、イラリオン・スヴァロフへの愛だ。

どういうわけか彼女は、イラリオンのためならなんでもしてくれようとするのだ。いっそ病的なほど献身的に。

そのせいで結婚できないと言うのなら、それを逆手に取ればいい。

もはや理性などかなぐり捨てたイラリオンは、痛む良心を無視して切実な目をテリルに向けた。

「それでは……窮地に立たされた私を助けると思って、どうか協力してください」

「あなたを助ける？」

イラリオンの窮地と聞いて眉を寄せたテリルは、真剣な表情でイラリオンを見る。

好機とばかりにその美しい顔を歪めて悲痛さを演出するイラリオン。

「実は、とても断れないような相手から無理な縁談を押しつけられそうになっているのです。相手の女性には将来を約束した恋人がいます。この縁談が進めば、私も彼女も不幸になることは目に見えているのです」

「そんな……」

口を押さえたテリルは衝撃を受けていた。

「ですから私には、縁談を回避するために結婚相手が必要なのです。それも早急に。今すぐにでも」

「そういうことでしたの。それは確かに一大事です。どうしましょう、私としたことが、こんなことは想定外でした。だって前はそんなこと……。どなたか都合のよい令嬢は……」

なにやら呟いていたテリルは、そこでようやく当初の話を思い出す。

「……あ、なるほど。それで私なのですね。分かりました。そういうことでしたら、喜んで求婚をお受けします」

「え」

予想外の即答。

この展開に、王室騎士団長にして次期宰相と目される美貌の英雄、特別顧問魔術師、天下の国宝級令息イラリオン・スヴァロフが出したとは思えないような間抜けな声が飛び出した。

まさかこんなにあっさり了承してもらえるなんて。

「ほ、本当ですか？」

「はい。ただし、この結婚は契約結婚にしましょう」

「契約……？」

先ほどからイラリオンを喜ばせては地獄に叩き落とすテリルに、イラリオンは警戒しながら首を傾げた。

「はい。いつでも好きな時に、イラリオン卿から契約解除をできる結婚にするのです。そうすればイラリオン卿に本当に愛する人ができた時、邪魔な私はいつでも排除できますから」

「…………」

イラリオンはこれまで、どんなに難しい問題に直面しても必ず解決してきた。

しかし、彼女ほど難解な謎がこの世にあるだろうか。
静かに頭を抱えたイラリオンは、疲れ切った脳を再び回転させた。

第四章　湖の出会い

イラリオン・スヴァロフとテリル・クルジェット。

二人が初めて出会ったのは、十五年前の初夏のことだった。

当時九歳だったイラリオンと、八歳だったテリル。

二人の出会いは偶然であり、必然でもあった。


「ねえ、悩みごとがあるの？」

貴族に人気の避暑地ボンボンにあるスヴァロフ家の別荘近くで、静かな湖面を眺めながら物思いにふけっていたイラリオン少年は、突然上から声をかけられて我に返った。

慌てて頭上を見上げると、ふわふわとした淡い髪色の少女が木の上からイラリオンを見下ろしているではないか。

「あなた、ここに来てからずっと湖を眺めてため息を吐いてたでしょう？　何をそんなに悩んでいるの？」

「あ……見てたんだ。ごめん、先客がいるとは思わなくて。僕は失礼するよ」

イラリオンが去ろうとすると、少女は木の上から飛び降りて、イラリオンの前に立った。

格好は貴族令嬢らしいドレス姿だが、地面に降り立ったその足は裸足だった。

「どうして？　この湖はみんなのものだもん。私がいるからって、あなたがいなくならなくてもいいと思うわ」

立ち去ろうとしていたイラリオンは、気の抜けるような少女の言葉と行動に足を止めた。

道理や理屈ではなく素直な瞳で自分を見る不思議な少女に、イラリオンは思いがけず、ずっとつかえていた胸の内を吐露する。

「迷っているんだ。父上の跡を継いで文官の道に進むか、剣の道に生きて騎士となり戦争に出るか。……他にも魔術にも興味がある。こんな僕は、もしかして移り気なんじゃないだろうか。父上は極めたいなら一つに決めろと言うんだ。中途半端になりたくないなら、今のうちから準備しないと間に合わないって」

こんなことを言われたところで彼女は困るだろう。

そう思いながらも口にしたイラリオンの悩みを、少女は一刀両断にした。

「あら。私には分からないわ。どうして一つに決めないといけないの？」

「え？」

「全部やったらいいじゃない。文官にもなって、騎士にもなるの。魔術も研究して、どうせなら宰相と騎士団長と魔塔主を全部やっちゃえばいいわ」

イラリオンは、陽の光に照らされた少女の不思議な虹彩を呆然と見て呟いた。

「でも、これまでの歴史の中でそんな人は一人もいなかったよ」

「じゃあ、あなたが最初の人になればいいのよ。そうすればあなたはきっと、この国の歴史上で最も偉大な人になるわ」

「そんなこと、できると思う？」

「どうしてできないと思うの？」

少女の瞳は夜空の濃紺と朝焼けのピンクが混ざったような、二つの色が溶け合う不思議な色彩を持っていた。

まるで夜明け色のようなその瞳にまっすぐに見つめられたイラリオンは、なんだか急に悩んでいたのが馬鹿馬鹿しくなってくる。

「君の言う通りだ。やりたいことを、全部やる。それだけだ。一つじゃなくて、全部極めればいいんだ」

「そうよ。やってみて全部は無理だと思ったら、その時にまた考えればいいわ。でもね、私。あなたなら絶対できると思うの」

少女の言葉は自信に満ちていた。

「どうして？　僕たち、今日出会ったばかりだろう？」

首を傾げたイラリオンに、少女はそばかすの散らばる頬を緩ませて楽しげに笑う。

「だってあなた、昨日この子を助けてくれたんでしょう？」

少女の言葉に合わせるように、バサバサと木の枝の間からぎこちなく降りてきたのは、一羽のカラスだった。

まだ羽の生え揃っていない、モフモフとしたまだら模様の若いカラスは少女の肩に止まり、その真っ黒でつぶらな瞳をイラリオンに向けている。

「そのカラス……」

イラリオンには確かに覚えがあった。昨日、この辺りを散策中に、飛ぶのに失敗して蔦《つた》に絡まっていたカラスを助けてやったのだ。

ぎこちない羽ばたきで枝に飛び移り、ヨタヨタと去っていったあのカラスに間違いなさそうだが、なぜ少女がそれを知っているのか。

「この子が教えてくれたの。動けなかったところを黒髪の綺麗な男の子に助けてもらったって。あなたのことでしょう？」

「なんだって？　そのカラスが、君に？」

「うん。私、動物の言葉が分かるの。今も『昨日はありがとう』って言ってるわ」

「……そう」

カァと鳴くカラスを見て、イラリオンは驚きつつも頷いた。

少女の言葉は先ほどから大胆だが、決して支離滅裂なわけではない。

虚言癖があるようには見えないし、頭がおかしいわけでもなさそうだ。

そもそも少女がそんな嘘を吐く必要もないし、このカラスが昨日のカラスだとしたら、カラスの話を聞いたという言葉には信憑性がある。

無論、少女が昨日イラリオンがカラスを助ける場面を目撃していた可能性もあるが、それならそう言えばいいだけのこと。わざわざ『動物の言葉が分かる』などと、正気を疑われることを豪語する必要はない。

　王国屈指の名家に生まれたイラリオンは、この国の秘められた歴史の中で精霊と結婚した人間がいることを知っていた。

　そんなおとぎ話みたいなことが起こり得るのだから、どういう原理かは不明だが、少女が動物の言葉を理解できるのは本当なのかもしれない。

　そう瞬時に判断したイラリオンは、カラスに向けて微笑んだ。

「元気そうで良かったよ。早く飛べるようになるといいね」

「カァ」

「あのね、動物に優しい人に悪い人はいないのよ！　それに、カラスはあんまりよく思われていない鳥だから助けようとしてくれる人はなかなかいないの。だからあなたはとってもいい人。きっと、幸運な人生を送って素敵な大人になるわ」

　ニコニコと微笑む少女を、イラリオンはとても眩しく思った。

　その屈託のない笑顔に胸がドキドキする。

　自分にないものを、彼女は持っている。

「そう言ってもらえると……なんだか本当に、なんにでもなれる気がするよ」

　気づけば心から笑っていたイラリオンは、悩みごとを完全に払拭していた。

「そうと決まったら、作戦会議ね。だって考えてみたら、あなたの夢ってとても大変そうだもの」

カラスを肩に乗せたまま、少女は岩の上に腰を下ろした。

「ふっ……そうだろうな。誰も成し遂げたことのない、茨の道になるだろうね」

イラリオンもまた、その隣に座って笑う。

「でも、意外といいかもしれないわ。騎士には体力のある若いうちになったほうがいいし、宰相になるのは経験を積んでからがいいでしょ？」

「ああ、確かに。順番なら騎士になるのが先だね」

「アカデミーはぜったいに首席じゃないとダメよ。あと……魔術の研究はどうすればいいかしら？」

自分のために真剣に考えてくれる少女が可愛くて、イラリオンはずっとその横顔を見ていたいとさえ思った。

「伝説の大魔法使いオレグ・ジャンジャンブルは、アカデミーにいた時からすでに魔塔の人に声をかけられていたらしいよ」

悩み出した少女にイラリオンがそう言うと、少女はその瞳を輝かせる。

「あら、そうなの？　じゃあアカデミーに通っているうちから、魔塔とのつながりを持たなきゃ」

少女はまるで自分のことのように真剣に小さな指を折りながらイラリオンの未来を語る。

イラリオンは、少女の言う通りに自分が歩む未来を想像してみた。

そこには夢や理想だけでは乗り切れない困難が数多くあるだろう。

しかし、それらを一つずつクリアしていけば不可能ではないはずだ。

何よりも。少女の言葉通りに未来を歩んで全てを成し遂げたイラリオンを見たら、大人になったこの少女はどんな顔をしてくれるだろうか。

「ねえ、聞いてるの？」

あなたの話をしてるのに、と少女は頰を膨らませる。

「うん、聞いてるよ」

嬉しそうに目を細めて答えたその時だった。

どこまでも青い瞳に目の前の少女を映し、湖面に反射する光を背に微笑む美少年。

その光景が少女の不思議な虹彩の奥に焼きついた瞬間、彼女は急に震え出し、両手で口を押さえてうずくまった。

少女の肩に乗っていたカラスが、下手くそな羽ばたきで飛び上がる。

「どうしたの⁉」

慌てて手を伸ばして問いかけると、少女の顔は青ざめていた。そして目が合うと、震える声でそっと呟く。

「ラーラ……」

「え？」

それは、とても不思議なことに。

亡くなった母がイラリオンを呼ぶ時の愛称だった。

母が亡くなってからはイラリオンのことをそう呼ぶ人はいなかったというのに、どうして少女がその愛称を知っているのか。

そもそもイラリオンは、少女に自分の名前を名乗った覚えがない。

「なんで……」

疑問を口にしようとしたイラリオンは、少女の尋常ではない汗を見て疑問を自分の胸にしまい込んだ。

「ねえ、大丈夫？　人を呼んでくるよ。いや、僕の別荘に来て。医者に診てもらおう」

「……ダメっ！」

「え？」

急に声を張り上げた少女は、イラリオンの戸惑いに気づいてハッと口に手を当てた。

「あ、わ、私……もう行かないと」

「でも」

「それじゃあ、さようなら」

「待って！　名前だけでも」

「名前は教えられない！」

再び声を張り上げた少女にイラリオンが目を見開いていると、少女は申し訳なさそうに立ち去りかけていた足を止めてイラリオンを見た。

「あなたは絶対、自分のやりたいことを成し遂げられる」

イラリオンはわけが分からなかった。

なぜなら、目の前の少女がつい数分前まで見せていた純粋さを消し去り、その瞳に影を宿していたからだ。

「そのために、必ず王室を味方につけて。特に王太子……ヴィクトル王子とは仲良くして」

あまりにも必死に訴える少女に、イラリオンは圧倒されて頷くしかない。

「それから、持ちすぎる人は持たない人から妬まれるの。だから、あなたは人より多くを手にする分、謙虚に生きなきゃいけないわ。自分のものを人に分け与えて、誰にでも丁寧で、誰からも尊敬されて、好かれるような。そんな人になってね」

切羽詰まったようなその瞳が死に際の母の瞳と重なって見えたイラリオンは、彼女を引き留めようと手を伸ばした。

しかし小柄な少女はふわふわした髪を靡《なび》かせながら、イラリオンの手をするりとかわしてしまう。

「お願い。私のこと、捜さないで。私達が会うのは今日が最初で最後よ」

「どうして？　いやだよ。僕、また君に会いたい」

「でも、ダメなの。そのほうがいいの。約束よ、絶対に私を捜さないで」

「待って……！」

少女を追いかけようとしたイラリオンは、周囲から飛び出してきた鳥や小動物達に行く手を阻まれた。

バサバサと動物達が去り、静けさを取り戻した湖畔には、すでに少女の姿も手がかりも何ひとつ残ってはいなかった。

それから十五年。
イラリオンはあの時の少女の言葉を胸に刻んで生きてきた。
彼女から一方的に告げられた〝私を捜さないで〟という約束を忠実に守りながら。
彼女と再び出会える日を信じて。

第五章　結婚契約書

親友から大事な話があると言われていたヴィクトルは、騎士団の訓練帰りにやって来るというイラリオンのために仕事を早々に切り上げて、執務室でソワソワしていた。

多忙を極めるイラリオンが自らヴィクトルの元を訪れるのは珍しい。

それも、大事な話があるだなんて。

親友である自分にしか話せないような、重大な話に違いない。

思い浮かぶのは、先日見せつけられたイラリオンの浮かれた顔だ。

初恋だなんだと、イラリオンらしくない言動ばかりしていたその理由である、一人の令嬢。

「十中八九、テリル・クルジェットに関することだろうな……」

イラリオンが来るまでの間、ヴィクトルはずっと落ち着かない心持ちだった。

そうしてきっちり時間通りにやって来たイラリオンは、簡単な挨拶を交わしてヴィクトルの前に座ると、そのまま一点を見つめ……黙り込んでしまった。

「…………」

ヴィクトルは、親友の様子に戸惑って声をかけるタイミングを逃してしまう。

今日のイラリオンからはいつものキラキラしたオーラが抜け落ちているかのようで、見たこともないその様子になんと声をかけていいか分からなかったのだ。

しかしその時、ヴィクトルが思わず跳び上がるような異常事態が起きる。

「!?」

イラリオンの美しい青色の瞳から、ポロリと涙がこぼれ落ちたのだ。

「イ、イラリオン……!? ……その、大丈夫か?」

「………え? ああ、すまない。気が抜けたようだ」

ふぅ、と息を吐いたイラリオンは、目元を拭うとその美貌に哀愁を漂わせた。

「おいおい、どうしたんだイラリオン……お前が泣くなんて。まさか、本当にフラれたのか?」

信じられないと驚愕のまま問いかければ、イラリオンは首を横に振った。

「彼女と……テリルと結婚することになった」

想像と違ったイラリオンの返答に一瞬だけ固まったヴィクトルは、次の瞬間に歓声を上げた。

「本当か! 良かったじゃないか、あんなに望んでいたのだから! さてはその涙は嬉し涙だな? そうかそうか、まったく驚かせるなよ。これは祝杯を挙げなければ」

「……確かに。望んでいたことではあるし、嬉しいといえば嬉しい」

だが、上機嫌なヴィクトルとは対照的にイラリオンは難しい顔をしている。

「ど、どうしたんだよ」

イラリオンの様子から異常なことが起きていると察したヴィクトルは、恐る恐る問いかけた。

「……彼女に愛していると言われた」

「はあ?」

なんだ、惚気《のろけ》か。とヴィクトルが呆れたのも束の間。続くイラリオンの言葉は理解不能なものだった。

「それなのに、私の想いを受け入れてもらえない」

「…………………はあ？」

「こんなにむなしい気持ちになったのは初めてだ」

片手で目元を覆い天を仰ぐイラリオンと、何がなんだか意味が分からないヴィクトル。

「イラリオン。頼む。頼むから、分かるように説明してくれないか。少々難解すぎてお前の言っていることが理解できていないんだ。何？　なんだって？　つまり、彼女はお前が好きなんだろ？」

「あぁ」

「お前も彼女が好きなんだろ？」

「うん。ものすごく」

「……そして、二人は結婚するんだな？」

「そうだ」

ヴィクトルは自分の頭か耳がおかしいのかと思った。

「いったい何が問題なんだよ!?」

話を聞く限り、イラリオンがこんな状態になる理由が一つも見当たらない。

思わず叫んだヴィクトルに、イラリオンは眉間に皺を寄せて口を開いた。

「君にだけ明かすが、この結婚は契約結婚なんだ」

「契約結婚……？」

ますますわけが分からなくなったヴィクトルは、なんだそれはと頭を掻きむしった。

◇

「一度、話を整理させてください。つまり、私と結婚はしていただけるということですね？」

クルジェット伯爵家の応接室で対峙しながら、イラリオンはテリルから持ちかけられた契約結婚について彼女の真意を探るように問いかけた。

「はい。ですが、これは仮初めの結婚です。イラリオン卿が迫られている無茶な縁談が白紙になるまでの、一時的な契約にするんです」

「……いろいろと言いたいことはあるのですが、まず、この結婚を仮初めにしなければならない理由はなんでしょうか？」

「それは……あなたには、もっとふさわしい女性が現れるからです」

テリルの瞳はどこまでも揺るがなかった。

対するイラリオンの心は風前の灯《ともしび》だ。

好きな人が自分を好いてくれている。

それが確かに分かるのに、彼女は自分が別の女性を好きになると断言するのだ。

頭が痛いどころの騒ぎではない。

「私はそのような不誠実な人間ではありません。結婚したら……いえ。結婚せずとも、私があなた以外の女性を愛することは生涯あり得ません」

「そう言っていただけるのは嬉しいです。ですが、人生とは何が起きても不思議ではありません。想定外の事態が起きた時に、私の存在が足枷となってあなたを苦しめてしまうのは嫌なのです」

直球の想いさえも絡め取って変化球を投げ返してくるテリルに、イラリオンの心は今にも折れてしまいそうになる。

先ほどからフル稼働して火を吹きそうな脳に鞭を打って、イラリオンは別の角度からこの問題を捉えてみた。

「……あなたの主張は分かりました。いえ、正直まったく分かりませんが、あなたの言う通りにするとしましょう。しかし、この契約結婚は私にしか利がないような、一方にだけ有利で不公平な契約になっています。契約結婚にすることであなたにはどんなメリットがあるのでしょうか？」

まるで自分を利用するだけ利用して捨てろとでも言っているかのような契約の内容を指摘すると、あろうことかテリルは満面の笑みで自信満々に言い切る。

「私はあなたのお役に立てたら、それだけで満足なのです」

「……………うぅ」

イラリオンはあまりの苦しさに思わず胸を押さえた。

「どうしたのですか、イラリオン卿！　どこか具合が悪いのでは!?」

「大丈夫です。申し訳ありません、少々取り乱しました」

イラリオンが言い繕う間に、すかさずテーブルを越えてイラリオンの元に飛び込んできたテリルは至近距離でイラリオンを見上げた。

「ご無理をなさらないでください」

そうして体調を確認するかのように、両手でイラリオンの頬を包んで額《ひたい》同士をくっつける。

「……ッ！」

「熱はないようですね。でもお顔が赤いです。お忙しいのに、二日連続でこんなところに来るからですよ。これからは私に用がある時はいつでも呼びつけてください。どこへだって駆けつけますから」

至近距離で想い人からそんなことを言われてしまったイラリオンは、ガシリとテリルの両肩を掴んで無理矢理笑顔を作った。

「テリル嬢」

「はい？」

「さっさと話を詰めましょう。……もうダメだ。早くなんとかしないと、危なっかしくて安心できない」

「なんとおっしゃいました？」

イラリオンの早口が聞き取れなかったのか、テリルは不思議そうに首を傾げる。

「もう契約でもなんでもいいですから、早く私のものになってくださいと申し上げました」

どうにでもなれと開き直ったイラリオンが体裁を保つ余裕すらドブに捨てて本音を言えば、テリルは瞳をパチパチと瞬かせた。

「まあ。そんなに早急に進めたいほど、その縁談が嫌なのですね……」

「…………」

イラリオンはその場で泣かなかった自分を褒めた。

「ゴホン。それで、具体的な契約の内容はどうしますか？　私からのみ、それもいつでも好きなように契約が解除できるだなんて。そんな不公平な契約はお断りです」

契約でもなんでもいいと口にしてしまった手前、今すぐ想いを理解してもらうことを諦めたイラリオンは、とにかく早くテリルと結婚する段取りをつけることにした。

こうなったら、契約結婚で仮初めの夫婦になっている間に是が非でもアプローチするしかないと覚悟したのだ。

そんな意気込むイラリオンに対し、テリルはその夜明け色の瞳をまっすぐに向けて言う。

「私はどうなろうと構いませんから、どうか私のことはイラリオン卿のお好きなようにしてください」

好きな相手からのとんだ殺し文句に、イラリオンは芽生えそうになる邪心を必死に粉砕して無視を決め、早口で話を進める。

「考えてみましたが、今回の縁談以外にも不測の事態で私にパートナーが必要になるかもしれません。そのたびに結婚をするのは不自然です。ですから……テリル嬢がよろしければ一定の期間を設け、満了時にどちらかから申し入れがなければ契約延長、以後同様とするのはいかがでしょうか。それでしたらどちらか一方にのみ有利な契約とはなりません」

彼女の気持ちを配慮しつつ、双方にとって公正になるように、なおかつ少しでもテリルを口説き落とす時間を確保するには……と考えを巡らせながら、契約の内容を提案する。

契約の立案や交渉は得意分野なだけあって、イラリオンは頭の中でスラスラと契約条項を作成し始める。

「一定の期間……とは、どれくらいですか？」

首を傾げたテリルが問うと、イラリオンはその表情を観察しながら答えた。

「十年……いえ、五年でどうでしょう？」

「長すぎます！　それではイラリオン卿にご迷惑がかかってしまいます」

すかさずテリルは却下する。

「……では、三年は？」

イラリオンが譲歩すると、テリルは指を折って何かを数え、ブンブンと首を振る。

「それも長いです。半年くらいでいいのでは？」

可愛い目をパチパチとさせて見上げてくるテリル。いろんな意味で負けてしまいそうになり、イラリオンはグッと堪えた。

「でしたら、一年です。それ以上は譲れません」

「一年……。まあ、半年で離婚となればイラリオン卿の名声に傷をつけてしまうかもしれませんし、ちょうどいいかもしれないですね。うふふ、一年間もあなたのおそばにいられるなんて夢みたいです」

テリルはニコニコの笑顔で無邪気にイラリオンを殺しにかかってくる。

その攻撃に息も絶え絶えになりながら、なんとしても彼女を振り向かせてみせると決意したイラリオンは、優しい笑顔を作ってテリルに微笑みかけた。

「では一年契約で、どちらかからの解約の申し入れがない限りこの契約は一年ごとに更新されるとしてよろしいですね？」

「はい。ですが、契約が更新されることはないと思っています。なのでイラリオン卿、一年だけ辛抱してくださいね」

「……一年だけで辛抱できる気がしません」

「？」

ボソボソと小声で呟いた本音を咳払いで誤魔化して、次の話題に移る。

「それと、契約期間中の夫婦生活についても取り決める必要があるかと思います」

「大丈夫です。私、必要以上にイラリオン卿に接近しないようにしますから」

違う。そうじゃない。

自信満々なテリルに対してイラリオンは心の中で突っ込みを入れる。

「それはダメです。私達はあくまでも対外的には夫婦になるのですから。縁談を完全に遮断するには、より仲の良い夫婦を演じる必要があります。そのため普段からスキンシップをはかるべきです」

イラリオンの私欲まみれな発言だったが、それを聞いたテリルは真面目に頷いた。

「なるほど。おっしゃる通りです」

素直なテリルを見て、イラリオンはもう一歩だけ彼女に踏み込んでみることにした。

「試しに呼び方を改めましょう。互いの敬称は外すのです。テリル、私を呼んでみてください」

「分かりました、イラリオン」

「……ンンッ！」

想像以上の何かを喰らったイラリオンは、静かに口を押さえて悶《もだ》える。

一方のテリルは不安そうだった。

「あの、私……何か変でした？」

「いえ。上出来だと思います。これから結婚が成立するまでの間は、愛する婚約者同士として振る舞ってください」

「はい、イラリオン」

コクコクと頷くのは、イラリオンがずっと求めてきたたった一人の女性だ。

どんな仕打ちを受けたって、絶対に諦めない。とイラリオンは決意を新たにする。

正直、彼女と話しているこの数十分でイラリオンの心はズタボロ。脳は酷使しすぎて擦り減った気までするのだが、そんなことは関係ない。

目の前にテリルがいる。

そして、自分の名を呼んでくれる。

それだけでこんなにも幸せな気持ちになれるのだから。

「あの、他に私がすべきことはありますか？」

一生懸命なテリルは、真面目な顔でイラリオンを見上げた。

その慕わしい瞳を見つめたイラリオンは、ふむ……と顎に手を当てる。

「そうですね。では、今日から私の屋敷で生活してください」

「え？　ですが、結婚にはまだ時間がかかるのでは？」

「確かに、結婚を成立させるにはもう少し時間が必要です。しかし、先ほどの伯爵の仕打ちを目にした今、私はあなたをこの伯爵家に置いておけません。今すぐにでも、あなたを連れ帰りたいと思っています」

「それは……」

「婚約者として花嫁修業のために必要だと言えば口実は十分です。それともあなたには……ここに残りたい理由があるのですか？」

好きな女性が目の前で理不尽な暴力に晒されそうになっていた場面を目撃したイラリオンは、あの時に感じた燃えるような怒りをなんとか隠して冷静に問いかけた。

「いえ。別に私は、この家のことも、あの人達のことも、なんとも思ってません。私にとって大切なのはあなただけですから。今日は珍しく伯爵がしつこく声をかけてきて驚きましたが、普段は虫ケラのように無視されてますし。私もあの人達の視界に入らないよう生きているので、あの人達が私に何をしようが別にどうでもいいんです」

対するテリルの答えは思いのほか軽く、そしていちいちイラリオンのことが好きだとチラつかせてくるので堪ったものではない。

「私がどうでもよくありません。こんな場所であなたが暮らしていたのだと思うと、知らずに生きてきた自分を殴りたいくらいです。ですのでどうか、私の心の安寧のためにもすぐにこの家を出ると約束してください」

イラリオンの懇願に、テリルはハッとした。

「分かりました。ごめんなさい。私、あなたの優しさを失念していました。本当に何も気にしてなくて……。でもイラリオンから見たら、確かにこの伯爵家の環境は私のことを心配させてしまうものですよね。あなたのおっしゃる通りにここを出ますので、どうかそのようなお顔をなさらないでください」

イラリオンの頬に手を当てて心配そうにするテリルの手を取りながら、イラリオンは真剣に彼女と目を合わせた。

「伯爵への説得は私が行います。絶対に文句は言わせません。ですから、私と一緒に来てくださいますね？」

「はい。心配させてごめんなさい。でも……ちょっとだけ嬉しいです。今までは理由があってあなたに会わないようにしてきたので、これからは少しの間でもイラリオンと一緒にいられるなんて、嬉しくてドキドキしてしまいます」

「今すぐ結婚しましょう」

テリルの言葉に思わず心の声が出たイラリオンは、至近距離で手を握りながら二度目の求婚をしていた。

しかし、対するテリルはキョトンとした夜明け色の瞳を瞬かせるのみ。

「はい、もちろん結婚します。そういう契約ですから。あ、契約書を交わすということですか？待ってください、紙とペンを用意しますので」

そう言うとテリルはイラリオンの手からするりと自分の手を抜いて、部屋の隅にある引き出しをあさって紙とペンを持ってきた。

「…………」

それを受け取った王国一仕事のできる男は、空虚な目で黙々と完璧な契約書を作成してみせたのだった。


署名を終えた契約書を見下ろしていたテリルは、ふとイラリオンを見上げた。

「あの、イラリオン。この契約結婚のことを、どなたかイラリオンが信頼できる人に話しておいてください」

思ってもみなかった言葉に、イラリオンは一瞬虚をつかれる。

「……それは、なぜでしょうか？」

「保険をかけるためです」

「保険？」

「そうです。だって仮初めとはいえ夫婦になるんです。今だってこんなに好きなのに、万が一、私がイラリオンから離れがたくなってしまって、あなたとずっと一緒にいたいと言い出したらどうするんですか」

「狂喜乱舞します」

「はい？」

「いえ。……それはそれで大歓迎です。私は初めから契約ではない結婚を望んでいますので」

うっかり漏れ出た本音を取り繕って、イラリオンは言葉を選び直した。

そんなイラリオンに対し、テリルは不満げだ。

「そういうわけにはいきません。私はあなたの邪魔にだけはなりたくないんです。ですから、この契約を知っている人が他にいれば証人になってもらえますし、私の気持ちが暴走する抑止力になると思うんです」

熱心に力説するテリルに、イラリオンは泣いたらいいのか喜んだらいいのか悶えたらいいのか分からなくなる。が、イラリオンにとって彼女の望みは絶対だ。

「分かりました。心当たりがあるので彼にこの話を通しておきます」

親友の顔を思い浮かべながら仕方なく承知したイラリオンに、テリルはホッと胸を撫で下ろしてそれはそれは可愛らしい笑顔を向けた。

「どなたか存じ上げませんが、そのお方にくれぐれもよろしくお伝えください。この結婚はあくまでも仮初めの契約で、イラリオンと私が結ばれることは万に一つも絶対にないのだと」

◇

「……というわけだ」

イラリオンから契約結婚の顚末《てんまつ》を聞いたヴィクトルは、なんとも言えない憐れみの目を親友に向けた。

「イラリオン……」

「ん？」

「大丈夫か？」

ヴィクトルの問いかけに力なく笑ったイラリオンは一瞬でその笑顔を引っ込めると、真顔で問い返した。

「………これが大丈夫そうに見えるのか？」

「いや、ここはもう前向きに考えればいいじゃないか。結婚が決まったんだから、いくらでも彼女を口説く時間ができたってことだろ？」

暗くなった雰囲気を払拭するかのように、ヴィクトルは明るくイラリオンを励ました。

「そうだな。最低でも一年は確保できた。その間になんとしても彼女を振り向かせてみせる」

イラリオンもまた、ヴィクトルに話したことで気持ちを整理できたのか、決意を新たに前を向く。

「その意気だ！　性悪な伯爵家から彼女を連れ出したんだし……ん？　ということはテリル嬢は今、お前の新居にいるのか？」

首を傾げたヴィクトルにピクリと反応したイラリオンは、幸せそうに頬を染めた。

「ああ。帰ったら彼女が待ってくれている。だから今日は絶対に定時で帰ろうと思う」

親友のそんな顔を見てしまえば、ヴィクトルも思わず笑ってしまう。

「なんだ。せっかく祝杯を挙げようと思ったんだが」

「あと三十分きっかりで帰るつもりだ。またの機会にしてくれ」

まだ結婚前だというのにすっかり新婚のような態度のイラリオンを見て、ヴィクトルは親友の肩を叩いた。

「仕方ないな、まったく。だがお前が幸せになってくれるなら何よりだ。アナスタシアはお前のお陰ですこぶる元気を取り戻した。本当に感謝している」

イラリオンが十五年間想いを寄せ続けた初恋の令嬢に求婚したことを伝えると、ヴィクトルの妹である王女アナスタシアは、恋人と引き離される恐怖から解放されて大層喜んだ。

この件で思い悩んで痩せたのが嘘のように、今朝は大好きなスイーツをたらふく食べていたほどに。

「私こそ、王女殿下のお陰でこうしてテリルと結婚まで漕ぎ着けたのだから感謝しかない」

微笑むイラリオンはここに来た時の疲れ果てた様子とは異なり、少しずついつもの輝きを取り戻している。

涙を見た時はどうなることかと思ったが、ひとまず大丈夫そうだとヴィクトルはホッと胸を撫で下ろした。

「ちなみに、お前の親父さんはテリル嬢との結婚のことは反対してないのか？」

厳格な宰相であるイラリオンの父、スヴァロフ侯爵を思い浮かべながらヴィクトルが問えば、イラリオンはサラリと答える。

「父は私に全て任せると言っているから問題ない」

「そうか。まあ、侯爵はお前に頭が上がらないからな」

それはイラリオンがアカデミーを首席で卒業した直後、騎士団への入団を希望した時のこと。

宰相を多く輩出した名家であるスヴァロフ家の後継者でありながら、イラリオンが文官ではなく騎士の道に進もうとするのを、父は猛反対した。

一時は勘当同然にまで悪化した親子関係だったが、その後イラリオンが騎士として目覚ましい活躍を見せ、史上最年少のソードマスターにまで成長したことで、父は息子の才能を潰すところだった自分の行動を猛省するようになる。

そんな父に歩み寄りを見せたのは、他でもないイラリオンだった。

イラリオンは何も言わずスヴァロフ家に戻り、騎士団長にまで就任し多忙を極める中、大きな政治的改革を任されていた父に手を差し伸べて献身的に補佐したのだ。

以来、父である侯爵がイラリオンのすることに口出しすることは一切なかった。

言葉にはしないが息子を心から信頼し、そして過去の過ちに対する償いもあり、父はイラリオンのやりたいことをなんでも尊重してくれるようになった。

今回の件も、相手が世間的にはあまり評判の良くない令嬢であることなど気にもせず、父はイラリオンの求婚状に家紋の使用を許可してくれた。

それが父なりの応援の仕方だと知っているイラリオンは、有り難くスヴァロフ侯爵家の名でテリルへの求婚状を記したのだ。

「クルジェット伯爵のほうはどうだったんだ？」

「もちろん問題ない。不可抗力で少々威圧してしまったかもしれないが、こちらの要求通りに結婚とテリルの滞在を認めてくれた」

少々威圧の部分が気になりはしたものの、ヴィクトルはそれを受け流して頷く。

「そうかそうか、順調だな。外堀を埋めるのは大事だからな。だが、まだ国王陛下《ラスボス》が残っているんだよな……」

「そうだな。国王陛下は厄介かもしれない」

「父上のお前贔屓《びいき》ときたら。父上はお前の熱狂的なファンみたいなもんだ。息子の俺よりもお前のほうがずっと可愛いみたいだし、実の娘を使ってでもそばに置きたいんだよ」

「確かに陛下には良くしていただいているが、さすがにそれは言いすぎだろう」

イラリオンが困ったようにそう言うと、ヴィクトルは肩をすくめる。

「いやいや、冗談じゃなく。もし俺が昔のようなひねくれた性格のまま育っていたら、絶対にお前を妬んでいたと思うぞ。それこそ、どんな手を使ってでもお前の人生をめちゃくちゃにしてやりたいと考えたはずだ」

物騒なヴィクトルの発言に、イラリオンは十五年前にヴィクトルと仲良くするよう助言を残して去って行った、幼い日のテリルを思い出した。

「そう考えると、お前が俺の親友になってくれて本当に良かったよ。お互いに破滅せずに済んだもんな」

楽しそうにそう言って笑うヴィクトルを見ながら、イラリオンはふと思う。

あの時少女だったテリルは、まだ王子でしかなかったヴィクトルのことを『王太子』と呼んでいた。

頭の片隅にあったその違和感が今、どうもイラリオンの思考を奪う。

「まあ、キュイエール王室とスヴァロフ侯爵家は、俺達のひいじいさんの代から友好関係にあるから、そう簡単に関係が崩れることもないと思うが」

しかし、思考にふける間もなくヴィクトルの話に引き戻されたイラリオンは、興味深い逸話に笑みを漏らした。

「君の曽祖父エフレム王と、私の曽祖父イヴァン・スヴァロフ、そして伝説の大魔法使いオレグ・ジャンジャンブルの友情物語は有名だからな」

キュイエール王国史の伝説の一つとなっている、通称〝三銃士〟の活躍ぶりは王国民であれば一度は聞いたことのある逸話だ。

現在施行されている政策の大半はこの三人によって制定されたものと言われており、エフレム王治世の前か後かが一つの歴史の区切りとされているくらい、三銃士は伝説的な存在だった。

二人が先祖の話で盛り上がるその時、部屋の外から声がかけられる。

「イラリオン卿、国王陛下がお呼びです」

「はぁ……噂をすれば。イラリオン、今日の帰りは遅くなりそうだな」

「陛下との話し合いは覚悟の上だ。だが、愛しい人を待たせる気はない。定時には必ず帰ってみせるさ」

◇

キュイエール王国の筆頭公爵家であるビスキュイ家の当主、ビスキュイ公爵は珍しく声を荒らげていた。

「陛下！　これは陛下の忠臣としての諫言《かんげん》です。確かにイラリオン卿の活躍には目を見張るものがありますが、だからといって陛下のスヴァロフ家に対する厚遇は度を越しております。今一度、例の件はお考え直しください！」

国王の執務室の前に立ち、今にも入室しようとしていたイラリオンは、扉の前でその声を聞いてしまった。

イラリオンが来たことを国王に取り次ごうとしていた侍従が、気まずい視線をイラリオンへと向ける。

「そなたの気持ちは分かるが、活躍に見合う褒賞を与えるのも君主の務めだと思わぬか？」

のんきな国王は公爵の諫言を物ともせず、億劫そうに言い返した。

「……その結果、貴族の序列が大きく覆ることになっても構わぬとおっしゃるのですか？」

「時には変革も必要だろう。そなたもよく知る三銃士の時代のようにな」

「それは……」

コンコンコン
そこでようやく、これ以上先延ばしにするのはまずいと意を決した侍従がイラリオンの到着を国王に告げる。

「おお！　よく来たな、イラリオン！　さあ、入るのだ」

「国王陛下、至急お呼びと伺い参りました。ビスキュイ公爵閣下、ご歓談中失礼いたします」

先ほどまでの会話は何も聞いていないという顔で中に入ったイラリオンは丁寧に頭を下げた。

「うむ。急に呼び立てて悪かった。実は妙な噂を耳にしてな。……公爵、もうよかろう。今日のところは下がるのだ」

「……御意に。イラリオン卿、失礼する」

渋々国王に頭を下げ、イラリオンに簡単な挨拶をしてビスキュイ公爵は扉に向かう。

見るからに納得していない様子で部屋を出るその前に、イラリオンはあえてビスキュイ公爵にも聞こえるように口を開いた。

「陛下、私がクルジェット伯爵令嬢に求婚した件であれば、事実です」

退室しようと扉に手を伸ばしたところでその言葉を聞いたビスキュイ公爵は、思わず足を止めて振り向いた。

静まり返る執務室で国王とビスキュイ公爵、二人分の驚愕の視線を浴びながらも、イラリオンは堂々と宣言する。

「私は彼女を心から愛しています。昨日、彼女からも良い返事をいただきましたので、正式に婚約する予定です。こうして陛下にご報告する機会をいただき感謝いたします」

数秒の沈黙のあと、国王は音を立てて立ち上がり悲痛な声を上げた。

「わ、私はそなたをアナスタシアと結婚させるつもりだったのだぞ！」

今にも泣きそうな顔で声を裏返させる国王は、イラリオンに向けて必死に言い募る。

「二人が結ばれた暁には、そなたに大公の爵位を授けようと楽しみにしていたのに。これではその計画が狂ってしまうではないか。イラリオン、考え直せ。王女との結婚と大公位だぞ？　それを自ら捨てると言うのか？」

イラリオンは内心で、いつも冷静なビスキュイ公爵がなぜあんなに怒っていたのか悟った。

いくら重用してくれると言っても、確かにこれは度を越している。

王女との結婚だけでなく大公位だなんて、貴族社会の勢力図がめちゃくちゃになってしまう。

現在序列一位の公爵家、ビスキュイ公爵が乗り出してくるのも納得だ。

「陛下のお気持ちは大変光栄であり生涯の名誉ですが、私には名誉よりも彼女のほうが大切なのです。私にとって彼女に代わるものはこの世に一つとしてありません」

イラリオンのあまりの執心ぶりに、国王は力なく椅子に座り込んだ。

「そんなにか……そなたがそこまで言うとは。それほどまでに本気なのだな？」

「はい。ですので敬愛する陛下にも祝福をいただけるのなら、これ以上の喜びはないと思っております」

深々と頭を下げ、微動だにしないイラリオンの姿に強い決意を見た国王は、重いため息を吐いた。

「ふむ。それほどの想いがあるのに無理を言うわけにはいかぬ。非常に残念ではあるが……なかなか諦めがつかないが……そなたが息子になること、本当に楽しみにしていたのだが……。確かに、クルジェット伯爵令嬢は美しい金髪が印象的な令嬢だったな。そなたが心惹かれるのも無理は……」

自分を納得させようとブツブツ呟く国王のその言葉に、イラリオンはすぐさま反応した。

「陛下。大変失礼ながら、勘違いされているようなので申し上げます。私が求婚したのは陛下がお考えのソフィア嬢ではなく、テリル嬢です」

そこを間違ってもらっては困る、とイラリオンは丁寧だが強めに訂正した。

「……な、なんだと？」

「私が心より愛し、生涯を共にしたいと結婚を申し込んだのは、テリル・クルジェット伯爵令嬢です」

国王の目がこれでもかと見開かれる。

「その令嬢は……確か社交界に一度も顔を出さず、噂では気が触れている変わり者と……」

「陛下。どうか私の愛する女性を根も葉もない噂で貶めるのはおやめください。その馬鹿げた噂を流したのがどこの誰なのかは知りませんが、私が知る彼女は聡明で思慮深く、思いやりのある芯の通った女性です」

熱心に力説するイラリオンの様子に呆気に取られる国王。

その一方で、イラリオンの後方からはバタバタと音がした。

「そ、それは本当なのか、イラリオン卿！」

それまで居心地悪そうに話を聞いていたビスキュイ公爵が、鋭い声を上げながら駆け寄ってきたのだ。

「本当にテリル・クルジェット嬢は、噂のような令嬢ではないのか？」

切羽詰まったようなビスキュイ公爵のその圧に、イラリオンは真面目な顔で頷いた。

「もちろんです」

「……それでは、私はいったいなんのために……」

愕然とするビスキュイ公爵の尋常ではない様子に、話についていけていなかった国王が不思議な顔をする。

「ビスキュイ公爵、どうした？」

「い、いえ……」

真っ青になった公爵にイラリオンは手を差し伸べた。

「閣下、お顔色が優れないようです。どうぞお掴まりください」

「ああ、すまない」

ふらふらのビスキュイ公爵を支えたイラリオンは、国王に向き直ると頭を下げる。

「それでは陛下、私はビスキュイ公爵をお送りしてから帰宅します。今日は彼女が待っていますので」

爽やかな笑顔でイラリオンらしからぬことを言う国宝級令息に、国王は最後まで惑わされていた。

「う、うむ。そうか……。イラリオン、もし気が変わったらいつでもアナスタシアと……」

「そのようなことは絶対に、万に一つも起こり得ませんのでご安心を」

食い気味に返事をしたイラリオンは、ふらつく公爵に肩を貸しながら国王の執務室を後にした。

王宮の廊下で二人になると、イラリオンは小声でビスキュイ公爵に話しかけた。

「ビスキュイ公爵閣下。ちょうど彼女のことで閣下を訪ねようと思っておりました。閣下は彼女の祖父、先代のクルジェット伯爵と懇意にされておりましたね」

「……まさか、君はあのことを知っているのか？」

公爵の青い目が、信じられないものを見るかのようにイラリオンを見る。

しかしイラリオンは肯定も否定もしない代わりに意味深な笑みを浮かべた。

「後日、お手紙を送らせていただきます。その際は詳しくお話をお聞かせくださると信じております。……先代クルジェット伯爵の遺言状について」

第六章　専属メイド

思いがけない収穫を得つつも、しっかり短時間で国王への謁見を終わらせたイラリオンは、いそいそと愛するテリルが待つ新居へと帰った。

「ただいま帰りました、テリル」

「おかえりなさい、イラリオン」

帰宅すると、真っ先に出迎えてくれるのが長年想い続けた初恋の相手だなんて。こんなに幸福なことがあっていいのだろうか。

幸せを噛み締めていたイラリオンは、ふと違和感に気づいて眉を上げた。

テリルのうしろで並んで立っているメイド達が、テリルを見てクスクスと小馬鹿にしたように笑っているではないか。

自分の与《あずか》り知らぬところで何かが起きたことを察したイラリオンは、注意深くテリルを観察し、それに気づいて思わず声を上げそうになった。

イラリオンが目に留めたのは、テリルが着ているドレスだった。

彼女のためにと買い揃えた中の一着を身に纏ってくれているが、その着こなしにはどこか違和感がある。

テリルがくるりと背を向けたその途端、背面を紐で編み上げるタイプのドレスが中途半端に結われ、彼女の白い背中と下着の一部がぱっくりと見えてしまっているのを目にしたイラリオンは、いろんな意味で爆発してしまうかと思った。

「……テリル。問題なく過ごしていましたか？」

激情を呑み込んだイラリオンは、ドレスには触れず穏やかに話しかけた。

「はい、お陰様で」

ニコリと微笑む彼女を見て、イラリオンは自分の上着を脱ぐ。

「今日はなんだか冷えますね。このホールは特に肌寒く感じます。私は用事を済ませてからお迎えに上がりますから、一度部屋へ戻っていてくれませんか」

脱いだ上着をテリルの肩にかけながら、その体をそっと部屋のほうに促すと、素直に従ったテリルはイラリオンに向けて微笑みながら頷いた。

「お気遣いありがとうございます。分かりました。部屋でお待ちしてますね」

テリルを見送りながら彼女と共に下がろうとするメイド達を見たイラリオンは、そのうちの一人に声をかけた。

「エラ。すみませんが、話があるので残ってもらえますか」

「は、はい！　イラリオン様」

声をかけられたメイド長のエラは、頬を赤らめて元気よく頷く。

その顔はイラリオンから呼び止められた嬉しさを隠し切れていなかった。

期待の眼差しを向けるエラに対し、イラリオンはあくまでも穏やかな微笑を絶やさない。

テリルが完全に部屋に戻ったのを見届けてから、イラリオンは改めて目の前の、幼い頃から世話をしてくれている少し年上のメイド長を見て口を開いた。

「お伺いしたいのですが、どうして私の婚約者はあのような格好をしているのでしょうか？」

イラリオンの言葉に、何かを期待していたエラはガッカリしたような表情で煩わしそうに手を頬に当てる。

「はあ……その件ですか。あの方にはまったく困ったものですわ。気味の悪いことに、あの方の部屋にはカラスやらネズミやらが寄ってくるんです。見つけた時は本当にゾッとしました。叩き出すのに苦労しましたわ。そのうえイラリオン様がご準備してくださったドレスもまともに着れないなんて。そもそも礼儀からしてなってませんもの」

ピクリと眉を上げたイラリオンは、とりあえずエラの話に耳を傾けた。

「どんな手を使ったのかは知りませんが、イラリオン様のような立派なお方の婚約者の座を、身の程知らずにも手に入れたくせに。何を勘違いしているのか、長年スヴァロフ家に仕えている私達に挨拶の一つもないんです。そのうぬぼれを正すために、身の程を弁《わきま》えていただくまでお世話はしないと決めたのです」

つまり、どう見ても一人では着ることのできないあのドレスを選ばせておいて、その手伝いはしなかったと。

堂々と白状しているエラに対し、イラリオンは青い瞳を向けた。

「そうですか。よく分かりました。エラ、明日からは仕事をしなくていいですよ」

「はい？」

いつもと同じ丁寧な口調で言われ、エラは一瞬何を言われているのか理解できなかった。

「スヴァロフ侯爵家に戻ってもいいですが、おそらく父はそれを許さないでしょう。君が長年スヴァロフ家に献身的に仕えてくれたのは事実ですから、次の職場を探すなら紹介状は用意します」

「あ、あの……？」

「ですので今日中に荷物をまとめてください」

強くそう言い切り、イラリオンはエラに背を向けた。

遅れてイラリオンの言葉を理解し青ざめたエラは、慌ててその腕に追い縋る。

「ま、待ってください！　私がいったい何をしたと言うんですか⁉」

腕に縋るエラを見て大きなため息を吐いたイラリオンは、その手をそっと外した。

「本当に分からないのですか？　テリルは私の愛する婚約者です。私の未来の妻であり、スヴァロフ侯爵家の次期女主人です。なぜ彼女が使用人である君に礼儀を尽くす必要があるのか、私には理解できません」

「っ！」

ようやく自分の失態に気づいたエラだったが、もう遅い。

「あのドレスはどう見ても一人で着用できるものではありませんね。私は彼女に誠心誠意尽くすよう指示したはずです。主人の命に背いて女主人の世話を怠るとは、君達には失望しました」

「ち、違うんです！　イラリオン様‼」

「それに、当然ながら先に挨拶すべきは彼女ではなく、使用人である君達です。そんな常識も分からないような使用人は不要です。メイド長として君に使用人達の教育を任せたのは私の失態でした。テリルになんと詫びればいいか……」

イラリオンは静かに激怒していた。

長年侯爵家に仕えてきたエラでも、イラリオンが怒る姿を見たのは初めてだった。

「お、お許しください、イラリオン様！」

床に頭をつけて深く謝罪するエラを見下ろしながら、イラリオンは淡々と口を開く。

「君に同調した使用人は今日付けで全員解雇します。今日までの給金と退職金は出しましょう。その代わり明朝には全員出て行ってもらいますので皆さんにその旨を伝えてください」

エラは絶句するしかなかった。

いつも穏やかで使用人にまで優しく丁寧で、時にはエラを勘違いさせるような言動で誘惑してくる長年の想い人が、見たことのない冷たい目をエラに向けているのだ。

エラはこれが現実だとは思えなかった。

「イ、イラリオン様！　どうしてしまったのですか？　あんなに私に優しくしてくださったのに！　あなたはあの女に騙されているんです、どうか目を覚ましてください！」

イラリオンはうんざりだった。

いい加減、怒鳴りつけてしまいたい。

ただでさえテリルに気持ちが伝わらなくて四苦八苦しているというのに、こんなところで邪魔が入るなんて。

いくら浮かれていたとはいえ、自分の判断ミスでテリルに嫌な思いをさせてしまったと思うと、イラリオンは自分が情けなくて堪らなかった。

想定していたよりも早くテリルを迎え入れる必要があったため、新居にいる使用人は全てスヴァロフ侯爵家から連れてきた者達だった。

侯爵家を出てイラリオンの屋敷に入ることは、実質的な降格になってしまう。

だから率先して手を挙げついてきたエラを、イラリオンはなんの疑いもせずに信用してしまった。

それが必ずしも純粋な忠誠心ではないと、なぜ気づかなかったのか。今ではエラの熱視線すら不快だ。まさか、自分の態度が使用人をここまでつけ上がらせていたなんて。

エラにも自分にもとことん失望し、抑えきれない怒りが沸いてくる。

そんな気持ちをグッと押し殺したイラリオンは、理性を保ちながらエラへと最後通告を言い渡した。

「……もう君と話すことはありません。とても不愉快です。今すぐ私の前から去ってください。でなければ、明日を待たず強制的に追い出します」

「……ッ！」

ボロボロと涙を流しながら走り去るエラには一瞥《いちべつ》もくれず、イラリオンはテリルが待つ部屋へと向かった。

「申し訳ありませんでした」

気落ちした表情のイラリオンが部屋に入ってくるなり頭を下げたのを見て、テリルは丸い目をさらにまん丸にした。

「イラリオン？　どうしたのです？　何かありました？」

「……メイド長の長年の献身を信じ、使用人達の教育を疎《おろそ》かにしてしまいました。そのせいであなたに迷惑をかけてしまったこと、なんとお詫びすればよいか……」

「え？　ああ、もしかして、このドレスのことですか？」

大きく開いて乱れた状態のテリルの背中を見たイラリオンは悲痛な表情でテリルに近づくと、そのドレスの紐を直すため手を伸ばす。

イラリオンが作業しやすいようにと、ふわふわした髪を横に避けたテリルは特に照れることもなく、あっけらかんとうなじを晒している。

その白い肌を極力見ないようにして器用に紐を編み上げて、イラリオンはもう一度テリルに謝罪した。

「本当に申し訳ありません。あなたには、これまで苦労されてきた分、ここで何不自由なく過ごしてもらいたかった。なのに、私の判断ミスでこのようなことになり……」

「家の中ですし、見るのは使用人達とあなただけですもの。そこまで気にしてませんわ。それに、伯爵家でのイジメに比べれば、これしきのこと可愛いものです」

だからあなたも気にしないでくださいと笑うその姿に、余計に申し訳なくなったイラリオンは毅然《きぜん》とした表情でテリルの前に立ち、自らの胸に手を当てる。

「使用人は全員解雇し、入れ替える予定です。もう二度と、このようなことはないと誓います」

「ふふ、大袈裟です。私は別に誰になんと思われようが邪険にされようが構いません。私がここにいることであなたのお役に立てるなら、これ以上の喜びはないのですから」

「テリル……」

彼女の言葉はいつも、イラリオンの胸を痛くする。

溺れるほどの愛を、なんの衒《てら》いもなくまっすぐに向けてくれるたびに、イラリオンはせつなくてどうにかなりそうだ。

王国一のモテ男、美貌の英雄、国宝級令息、パーフェクト美男子、そんな呼称がいったいなんだというのか。

好きな女性《ひと》の前でこんなに情けない失態を犯しておいて、どうして彼女の心を求めることができるというのだろう。

ひたすら落ち込むイラリオンを見かねたのか、テリルは瞳に茶目っ気を乗せてイラリオンを見た。

「それに、使用人を解雇してしまったら誰があなたのお世話をするのです？　私のためにあなたが困るようなことはなさらないでください。あ、私があなたの専属メイドになりましょうか？　あなたのためならどんなご奉仕でもしちゃいます」

「……ッ！」

テリルの言葉に声も出ず、良からぬ妄想が迸《ほとばし》りそうになったが、慌てて首を横に振って雑念ごとその提案を拒否した。

「そ、そんなことをあなたにさせられるわけがないでしょう。私達は夫婦になるのです。あなたは私のメイドではなく、妻になる女性なのですから」

イラリオンの慌てぶりに少しだけ笑みを漏らしながら、テリルは頷いた。

「確かにそうですね。仮初めとはいえ、天下のイラリオン・スヴァロフの妻がそのようなことをしていては、あなたが笑われてしまいます。ですが、私のために無理に使用人達を解雇しなくても……」

しかしイラリオンは、かたくなに首を横に振る。

「私は今回の件で彼女達を信用できなくなりました。そんな者達に身の回りの世話をされたくはありません。使用人の見直しは行います。あなたにまたご迷惑をかけてしまいますが、早急に手配しますので」

「私のことは気になさらないでください。自分のことは自分でできますから。……さすがにこのドレスは一人では着られませんでしたが」

「テリル……」

困ったように笑う彼女がせつなくて、イラリオンは再び落ち込みそうになる。

そんな気配を悟ったテリルはパンッと手を叩いた。

「そうだわ。それでしたら差し出がましいとは思うのですが、一つだけお願いをしてもよろしいでしょうか？」

テリルからの〝お願い〟と聞いて、犬のように忠実に素早く顔を上げたイラリオンは前のめりに彼女を見た。

「もちろんです。なんでもおっしゃってください」

「では、先ほど使用人達を入れ替えるとおっしゃいましたが、ヤナという名前のメイドだけは残してあげてほしいのです」

「ヤナ、ですか……？」

想像とは違う願いで拍子抜けしたが、すぐに気を取り直し頭の中の使用人名簿を検索し、ヤナというメイドの顔を思い出した。

確か、大人しそうな見た目の少女だったはず。メイド経験は浅いが、取り立てて大きなミスをしでかしたことはない。

何度か挨拶程度の会話を交わしたが、礼儀正しく頭も悪くなさそうだった。

「はい。実は、彼女は一人でこっそり私の元に来て着替えを手伝おうとしてくれたのです。しかし、私も伯爵家で使用人の真似事をしていたので、上の者に逆らえば使用人仲間という狭い人間関係の中でどう扱われるか知っています。ですから彼女の申し出を断り、部屋から追い出したのです」

「そうでしたか」

驚きつつもイラリオンは、たった一人でもテリルを気遣ってくれたメイドがいたことに心からホッとした。

もちろん、間違った使用人を採用してしまったことは、彼女の真の夫になりたいと切望する身としてあるまじき失態だったが、テリルの前で最低限の体面を保ってくれたそのメイドに、イラリオンは心の中で感謝した。

「彼女が私のせいで暇を出されるのは申し訳なくて……。ヤナだけは引き続きこの屋敷で働かせてあげてはもらえませんか？」

「分かりました。それでは彼女はあなたの専属メイドにしましょう」

即座に返答したイラリオンに、テリルが目を丸くする。

「あら、そんな。私ごときに専属メイドだなんてもったいないです」

「先ほども申し上げましたが、あなたは私の妻になる大切な女性です。無理にとは言いませんが、どうかこれくらいは受け入れていただけませんか」

「あ……そうですね。これもイラリオンのためならば、もちろん私は構いません」

どんな時もイラリオン中心の考え方をするテリルに、イラリオンは何度打ちのめされればよいのか。

密かに胸をドキドキさせながら、ふと無礼なメイド長の話を思い出した。

「そういえばメイド長の話ですと、あなたのお友達にも悪いことをしてしまったのではないですか？」

カラスやネズミを叩き出したと傲慢に語っていたエラの話に、イラリオンは申し訳なさそうにテリルを見た。

「お友達？　……あ、ごめんなさい。クロウは私に会いに来ただけなんです。それと、この屋敷に住んでいるネズミ達が挨拶に来てくれて……。話し込んでいるのをメイド長に見つかってしまいました。今後は人前に出ず、隠れているように言いつけておきましたから」

慌てて弁明するテリルの姿を歯痒く思うイラリオンは、爽やかな笑顔を作ると目の前で萎縮する彼女に微笑みかけた。

「その必要はありません。この屋敷の中では好きなだけ、彼等をもてなしてあげてください」

「本当に、良いのですか？」

「はい、もちろんです」

「私の友達は動物ばかりなのですけれど……」

「存じ上げています。そして、あなたのお友達であれば私の友でもありますから、大歓迎です」

どこまでも優しいイラリオンの青い瞳を見上げながら、テリルの瞳が潤み出す。

「私のこと、おかしいとは思わないんですか？　普通はこんな話を聞けば、頭がおかしいとか、気が触れているとか思うものです」

泣きそうなテリルの瞳を見たイラリオンは、胸をツキンと刺されるような痛みを感じた。彼女にそんな顔をしてほしくなかった。

「そんなことを思うはずがありません。私はあなたが聡明な女性であることを知っています。そして、動物と意思疎通できるあなたの能力は、とても貴重なものです。あなたはもっと尊重されるべき人です」

イラリオンは少しだけ迷いながらも、目の前の愛しい女性に手を伸ばした。

自分が彼女の絶対的な味方であることを、分かってほしかった。

そっと触れたその手が振り払われないことに安堵《あんど》して、イラリオンはぎゅうっと小さな手を自らの手で包み込む。

その時だった。

「私……やっぱりあなたが好きです、イラリオン」

「……ッ！」

涙ぐんだテリルがイラリオンの胸の中に飛び込んできて、イラリオンは頭が真っ白になる。しかし、理性を総動員して思わず跳ねそうになる体をなんとか律した。

この心臓が飛び出そうな動揺と歓喜が少しでも伝われば、せっかくこの腕の中に来てくれた彼女が逃げてしまいそうだったから。

細心の注意を払ってテリルを驚かさないように、ゆっくり抱き締め返そうとするイラリオンは、あまりの緊張と胸の高鳴りで、腕の中の彼女の小さな呟きを上手く聞き取ることができなかった。

「……あなたは今回もそう言ってくれるのね、ラーラ……」

ただ、好きな女性との初めての抱擁に逆上《のぼ》せる頭の片隅で、懐かしい響きの呼び名を聞いた気がした。

第七章　夜明けの月

『僕には理解できないよ。どうして君はいつも、あんな人達を気にするんだ？』

その日、イラリオンは夢を見ていた。

声変わり直後のような、今よりも幾分か高い声でイラリオンは不満そうに誰かと話している。

『だって、あの人達は私の家族なのよ。好かれたいと思うのは当然でしょう？』

目の前の少女は目元を前髪で隠していてよく表情が見えないが、その声からは不安が伝わってきた。

『君のことを気味悪がるような人達が家族だって？　ねぇ、テリル。僕は君が心配なんだ。君が僕を心配してくれるのと同じように』

なんの躊躇《ため》らいもなく、イラリオンは少女の手に自分の手を重ねて握っていた。

『でも、ラーラ。私、もう少しだけあの人達に歩み寄ってみたいの』

『……君がそう言うなら、もちろん僕は君を応援するよ』

落胆と諦めの滲んだ声でイラリオンがそう言うと、少女はイラリオンに手を伸ばした。

『ありがとう。心配させてばかりで本当にごめんなさい』

少女からの温かな抱擁を受けたイラリオンは、ふわふわと触り心地の良いその髪に触れて少女を抱き寄せる。

『いいんだ。でも、何かあったら必ず僕を頼って。それと、これだけは覚えておいて。君の瞳やその能力は、絶対に恥ずべきものなんかじゃないし、君はどこもおかしくなんかない。むしろ、もっと尊重されるべき人なんだ。だって君は……』

ハッ、と飛び起きたイラリオンは、ドキドキと早鐘を打つ心臓を押さえながら、今見た夢の内容を思い出そうとした。

しかし、何かに阻まれているかのように、断片的にしか思い出すことができない。

「あれは、テリルなのか……？」

自分のことを〝ラーラ〟と呼ぶ夢の中の少女の声だけが耳の奥に残っているかのようだった。

しかし、声変わりをしたような時期にテリルと過ごした記憶はない。

では、今の夢は願望が作り出しただけの、ただの夢なのか。

このところどうもイラリオンは、頭の片隅にずっと不明瞭な違和感を抱えている。

それが何かは分からないが、本能的にその違和感の正体を見落とせば後悔するであろうことを知っていた。

「テリルと再会してから……いや、ヴィクトルに彼女の名前を聞いてからかもしれない」

その違和感の正体を探ろうと、これまでの記憶を思い起こしたイラリオンは、不意に昨夜抱き締めた腕の中の小柄なぬくもりを思い出して一人赤面した。

腕の中にすっぽりと収まるほど小柄で華奢な彼女は、ラナンキュラスの甘い香りがした。

すぐに『ごめんなさい』と小さく謝罪して離れてしまった彼女のぬくもりが、どれほど名残惜しかったことか。

その手を引き寄せて、再びこの腕の中に囲って潰れるほど抱き締めてしまいたいと駆られる衝動を、必死に抑え込んだせいで妙な夢を見たのか。

頭が冴えてしまったイラリオンは眠るのを諦めて起き上がると、薄暗い部屋を横切りカーテンを開けた。

「夜明けか。……彼女の色だ」

まだ暗い紺色の夜闇を照らすように、ピンク色に明らむ空の果て。

沈まずに残っていた月が少しずつ白んでいく。

窓際に立ってその美しい光景を目に焼きつけていたイラリオンは、あっという間に空の色が青色に変わってしまったのを確認して、身支度を整えた。

夜明けのあの色を見られるのは、本当にわずかなひと時だけなのだ。

そう思うとどうしようもなく彼女が恋しくなって、イラリオンは夜が明けたばかりのまだ薄暗い廊下を足早に進んだ。


「もう起きていたのですか」

厨房に入ったイラリオンは、そこに立つ愛おしい背中に呼びかけた。

「あら、イラリオン。おはようございます。お早いですね」

振り向いたテリルの笑顔を見て、イラリオンは苦笑するしかない。

「あなたに言われましても……もうこんなに準備をしてくださったのですね」

切った野菜やパンが並べられたテーブルは、彼女の手によってすでに朝食の準備が始められていた。

「だってイラリオンったら、料理人まで全員解雇してしまうんですもの」

昨夜エラを問い詰めたイラリオンは昨日この屋敷であった出来事を調べ上げた。

その結果、ドレスの件だけでなくテリルが昼食まで抜かれていたことを知って血管がブチ切れそうになり、メイドだけでなく料理人も含めた全ての使用人を一人を除いて文字通り一掃したのだ。

「唯一残ったヤナは掃除だけで忙しそうですし、せっかくの機会ですから私があなたのお食事をお作りしようかと思いまして」

そのためにこんなに早い時間から起き出してきたのかと思うと、テリルの笑顔を向けられたイラリオンは、嬉しいやらせつないやらでなんとも言えない気持ちになる。

「私のほうこそ、先に起きてあなたの朝食を準備しようと思っていたのですが……。本当はゆっくり座って待っていてほしいところなのに、あなたはきっと、聞き入れてくださらないですよね」

すっかりテリルのことを見抜き始めているイラリオンは、諦めたように苦笑する。

そんな彼の言葉を受けて、テリルはクスクスと笑いながらイタズラっ子のような目で頷いた。

「よく分かっておいでですね。そうです。私、そう簡単には引きません」

「でしたら、一緒に作りませんか」

「え?」

テリルの隣に立ったイラリオンは、朝の光に照らされる彼女を眩しく見下ろした。

「この材料を見るに、今日の朝食のメニューは私の好きなトマトのサンドイッチとオニオンスープでしょう。どうしてあなたが私の好物を知っているのか不思議でなりませんが、一人で作るよりも二人で作るほうが、ずっと早くできあがるはずです」

何もかもを見透かすような青い瞳でテリルを見ていたイラリオンは、包丁を手に取ると鮮やかな手つきであっという間に野菜を切り分ける。

「あなたはなんでもお見通しですね。それに料理までできるんですもの。とても敵《かな》う気がしませんせん」

そう言って呆れながらも、嬉しそうにイラリオンの隣で野菜の皮を剥き始めたテリルもまた、慣れた手つきをしていた。

「あなたに敵わないのは、私のほうなのですが……」

こうして並び立っていられるだけで、イラリオンにこの上ない幸せをくれる女性。

何をやっても愛らしく見えてしまって、全てが慕わしい、もうすぐ妻になる仮初めの婚約者。

長年の想いを寄せ続けた彼女とこうして肩を並べていられるこの状況が幸せすぎてつい本音を漏らしたイラリオンに、テリルは唇を尖らせる。

「そんなに上手に手際よく料理する人に言われても、説得力がありません！」

話している間にもテキパキと調理を進めていく国宝級令息のあまりの仕事の速さに、テリルはお手上げだった。

わざとらしく頬まで膨らませたテリルに、イラリオンは思わず声を上げて笑ってしまう。

「ははっ、こういう朝も悪くありませんね」

「はい。実は私も、同じことを思っていました」

拗ねる真似をやめたテリルが楽しそうに微笑むと、イラリオンは昨夜や夢の中のように彼女を抱き締めたくて堪らなくなった。

◇

天下の国宝級令息、誰もが憧れるイラリオン・スヴァロフの結婚が決まった。

そのことが公表されるや否や、イラリオンの結婚話は国を揺るがすほどの大論争に発展していた。

「あのイラリオン卿が結婚ですって⁉」

「誰？　相手はいったい、どこの令嬢なの！」

「信じられない！　彼は誰のものにもなったりしないと思っていたのに！」

令嬢達の嘆きぶりはすさまじく、イラリオンが未婚であればこそ良い縁談が来ても渋って婚期を逃してきた彼女達は、イラリオンの妻の座を射止めた令嬢に燃えるような憎しみを向けた。

しかし不思議なことに、イラリオンの結婚相手が誰なのかは明かされず、臆測が臆測を呼び、キュイエール王国には多くの噂が飛び交った。

「隣国の女王だって」

「いやいや、我が国の王女殿下だ」

「あら、私は帝国の皇女だって聞いたわ」

一方で、少しでも甘い汁を吸いたい貴婦人達は、情報網を駆使してイラリオンの結婚相手の特定に精を出し、有力な情報を掴んでいた。

「イラリオン卿が求婚したのは、クルジェット伯爵家のご令嬢ですってよ。求婚状と花束を手に、伯爵家を訪れたらしいわ」

「まあ、ではあのソフィア嬢が？」

「急いでソフィア嬢に招待状を出して頂戴。真相を確かめて、彼女とお近づきにならなくてはね」


「なんなのよ！」

バンッと机を叩いたソフィアは、手がつけられないほどに荒れていた。

「ソフィア……」

「どいつもこいつも、どうして私をあの女と間違えるわけ⁉」

うんざりしたソフィアが、山のように積み上がった書状を前に髪を掻きむしる。

殺到するパーティーの招待状。

交流のなかった令嬢達からの、一見親しげながらも呪詛《じゅそ》や悪意のたっぷりこもった手紙の数々。

それらが全て、ソフィアの元に送りつけられてきていた。

クルジェット伯爵は、殺到する招待状のパーティーにソフィアを片っ端から参加させた。

家門同士の繋がりや、ひょっとするとソフィアの良き縁談が結べるかもしれないという期待からだった。

しかし、蓋を開けてみればソフィアへのパーティーの招待は、全てイラリオンの結婚相手を断定するための噂好きな貴族達の娯楽に過ぎなかった。

行く先々でソフィアは勝手に勘違いした相手からイラリオンとの馴れ初めを聞かれたり、どうして自分が王国一幸運な花嫁だと名乗り出ないのかとからかわれたりした。

他にも嫉妬に狂った令嬢達から嫌がらせをされたり、イラリオンとお近づきになりたい貴族から執拗に距離を詰められたりと、パーティーに参加していても一つもいいことがない。

何よりもソフィアはそれらの臆測に対して、否定も肯定もできなかった。

ソフィアがイラリオンの婚約者のフリをしてパーティーに参加したところで、イラリオンの相手がテリルだと発覚してしまえばソフィアは周囲を騙した詐欺師になってしまう。

だからといって、テリルこそがイラリオンの婚約者であるとソフィアの口からは言えなかった。

父に口止めされていたというのもあるが、それ以上にソフィアはテリルが注目を集めるのが嫌だったのだ。

世間的に見ればクルジェット伯爵家の令嬢は、変わり者で不出来な姉と、美しくて完璧な妹のあまりにもチグハグな姉妹。どちらが格上かなど、論じるまでもない。

これまで散々テリルを貶めることで優越感に浸ってきたソフィアは、テリルに注目が集まるような屈辱に耐えるだけの理性など持ち合わせてはいないのだ。

自分より劣っているくせに、自分にないものを持っている。

そんなテリルに、ソフィアは嫌悪しかなかった。

「お父様！　どうするおつもりです？　いつまであの女のことを隠しておくんですか？」

「仕方ないだろう。国王陛下からのご指示だ。結婚が成立するまでは、イラリオン卿の相手がテリルであることを明かしてはいけないとお達しがあった。許可が出るまで適当に受け流しなさい」

実は未だにイラリオンと王女の結婚を諦めきれない国王が、いつでも花嫁を挿《す》げ替えられるようにとイラリオンの結婚相手についてはしばらくの間明かすことを禁じたのだが、その事情を知らない伯爵は素直に国王の命令に従っていた。

「あなた。やっぱりあの娘をイラリオン卿の元にやったのは間違いだったのよ。もしイラリオン卿があの娘に惚れ込んで、この家を乗っ取ろうとしたらどうするの？」

「しかし、あの場でイラリオン卿を追い返すこともできなかっただろう。彼に逆らえる人間がいると思うか？」

あの日、イラリオンから向けられた無言の圧を思い出した伯爵はぶるりと震えた。

「だけど、せっかくあの娘から何もかもを奪い取ってこの伯爵家を手に入れたのに。もしもこの先、例の遺言状の内容が漏れてあの娘がこの家を奪い返しに来たらどうするつもり？」

声を潜めた妻の言葉に、伯爵は大きく首を横に振った。

「そんなことは起こり得ない。あの遺言状は確かに燃やしたんだ。今さらその内容をどう証明すると言うんだ」

不安がる妻の言葉を一蹴した伯爵は、こんな騒動の中に放り込まれた苛立ちもあって舌打ちをした。

「この十八年、伯爵の地位を得るためにわざわざあんな卑しい小娘を引き取って育ててやったというのに。今さらあの娘に全てを横取りされて堪るものか」

◇

その頃。

渦中のイラリオンは、いつもの通り王室騎士団長として部下の鍛錬に励んでいた。

史上最年少のソードマスターとして鍛え抜かれた隙のない剣技を披露するイラリオンの元には、彼に憧れる部下達が集っている。

しかし、ここ最近のイラリオンはそれまでとどこか違った。

結婚の話が公表されたからか、人々の目がいつも以上に集まる中で、イラリオンは眩しいほどの美貌を炸裂させて生き生きと剣を振るっている。

王室騎士団に所属する精鋭達をいとも簡単に一人で制圧できるほど、最近のイラリオンの剣は絶好調だった。

「随分と調子が良さそうじゃないか」

突如かけられた声に振り向いたイラリオンは、親友の姿を見つけると片手を上げて挨拶をした。

「ヴィクトル」

「今日は一段と気合が入っているな」

「君にそう見えるということは……そうなんだろうな」

他の騎士達が汗だくの中、一人だけ涼しい顔で微笑んで息一つ乱れていないイラリオンは、部下達に休憩を言い渡しヴィクトルの元にやって来た。

「数日前は死にそうな顔をしていたくせに、さては新居での婚約者殿との暮らしが上手くいっているんだな？」

少し離れているとは言っても、二人の会話は騎士達に丸聞こえだった。

ピクピクと聞き耳を立てる部下達の気配に気づきながらも、イラリオンは頬を染めて満面の笑みを浮かべる。

「ああ。彼女との生活が楽しくて、彼女と過ごしているこの数日は毎日が輝いているかのようだ。今日も早く帰ってあの笑顔を見たくて仕方ない」

恐ろしいほど輝く笑顔のイラリオンに、部下達は目と口をこれでもかと開いて驚愕した。

あのイラリオン・スヴァロフが、こんなに嬉しそうに異性に関する発言をするなんて。

これまで女の影すらなかった美貌の上司の変わりぶりに、部下達は興味津々だ。

「上手くいっているようで良かったよ。彼女、新居での生活には馴染んでるんだな。お前の嫁だなんて、侯爵家の気位の高い使用人とかにイジメられやしないか心配してたんだよ」

最後のほうは声を落としながら、こちらに注目する騎士達に聞こえないように話すヴィクトル。対するイラリオンも、ヴィクトルにだけ聞こえるように声を潜める。

「そのことか。……まあ、多少のトラブルはあったな。だから使用人達は初日にほとんど解雇した」

「は？」

これまた斜め上を行くイラリオンの言葉に、ヴィクトルは騎士達の目がある中で転びそうになった。

「すぐに新たな使用人を雇おうと思っていたんだが、私には彼女がいれば事足りることに気づいたんだ。彼女も多くの使用人に世話されるのは煩わしいみたいで、二人で話し合って使用人の補充は後回しにすることにした」

王宮で何をするにも使用人達の手を借りて育ってきたヴィクトルは、イラリオンの言っていることが理解できなかった。

「ちょっと待ってくれ。じゃあ、今あのでかい屋敷にはお前達二人しかいないのか？」

貴族の、それも他でもない国宝級令息の豪邸で使用人がいないだなんて、そんなまさか。とドン引きするヴィクトルに、イラリオンは真面目に答える。

「メイドを一人だけ残している。テリルに良くしてくれた唯一のメイドで、なかなか信頼できる者だ。あとは……まあ、他にもいろいろと我が家には小さくて愛らしい来客が多くてね。それなりに賑やかにしているよ」

　国宝級令息の名にふさわしい美しさを振りまくイラリオンは、ここ数日の充実した暮らしを思い返してニヤけてしまう。

　その締まりのない顔を見たヴィクトルは、親友の豹変ぶりと意味の分からなさに眩暈《めまい》がしたのだった。


「おかえりなさい、イラリオン」

「ただいま帰りました」

　帰宅したイラリオンは、自分を出迎えるためにわざわざ玄関へ降りてきてくれる愛しい人を見て、幸せそうに微笑んだ。

「今日もお疲れでしょう？　先にお食事になさいますか？」

　とてとて、と小柄な体を一生懸命動かして走ってきたテリルは、両手を差し出してイラリオンの上着を受け取ろうとする。

　そんな使用人の真似事はしなくていいのに、と思う一方でイラリオンは、彼女のその仕草があまりにも可愛く思えて、いつも何も言えずに上着を渡してしまうのだ。

「そうですね。いただいてもいいですか？」

「はい、ヤナに言ってすぐに用意してもらいますね」

　イラリオンから受け取った上着を大切そうに抱えたテリルは、満面の笑みでイラリオンを見上げていた。

彼女いわく、イラリオンの役に立てるのが何よりも嬉しいのだという。

（……可愛すぎる）

そのふわふわとした淡いミルクティー色の髪の先から、小さくて器用な指の先。そして幻想的な色彩を持つ夜明け色に輝く瞳も、笑顔が似合うその頬に浮かぶそばかすも、彼女の持つ何もかもがイラリオンにとってはどこまでも愛らしくて仕方なかった。

と、その時。

上階からスゥーっと降りてきた一羽のカラスが、挨拶するようにイラリオンの前に着地して「カァ」と鳴いた。

「今日も来ていたのか、クロウ」

カチャ、カチャ、と爪音を響かせながら近づいてきたクロウは、イラリオンのそばに来ると甘えるように嘴《くちばし》を押しつける。

幼い日に一度助けただけのカラスは再会してからというもの、これでもかというほどイラリオンによく懐いていた。

「おいで」

イラリオンがそっと手を差し出すと、嬉しそうに目を細めるカラスはまるでイラリオンの言葉を理解しているかのようにその手に頭を乗せる。

ひとしきりカラスの頭を撫でてやったイラリオンは、テリルと一緒に食事の席へと向かった。

そのうしろからは当然のようにクロウが二人を追いかけている。

「おや、初めて見る子ですね」

テーブルに着いたイラリオンは、そこにいた先客を見て興味深そうに呟いた。

「クロウが連れて来た新しいお友達です。暖かくなってきたので伴侶を探していたら、間違って王都まで出てきてしまったそうです」

テリルの説明に頷きながら、小さな客人に目を向ける。

つぶらな瞳をパチパチと不思議そうに瞬かせてイラリオンを見上げたのは、美味しそうに魚に齧《かじ》りついていたカワウソだった。

テリルと暮らすようになって、イラリオンの屋敷には小さな来客がよく訪れるようになっていた。

これまでの短い間だけでも、カラスのクロウをはじめとしてネズミやリスにウサギ、アライグマやコウモリ、犬に猫と、屋敷で寛《くつろ》いでは去っていった動物達は数知れない。

どの動物も、不思議なくらいにテリルに懐き、心から慕っているように見えた。

そして決まって一宿一飯の恩義に報いるかのように、小さな贈り物や手伝いをして屋敷を去っていく。

動物の話に耳を傾けて楽しそうに動物と接する彼女を見た者は、きっとテリルのことを気の触れた〝変わり者〟と称するに違いない。

しかし、普通の貴族の屋敷では到底あり得ないこの現象に少しの違和感も嫌悪感も見せることのないイラリオンは、全てをテリルの好きなようにさせていた。

それどころか、むしろテリルを慕う動物達に親しみさえ持っているようだった。

「カワウソの生息する川辺から王都は少し距離がありますからね。戻れなくて苦労したのでしょう。好きなだけ休ませてあげてください」

「いいのですか？」

「もちろんです」

喜ぶテリルが早速カワウソに向かって何かをささやくと、途端にキューキューとカワウソが鳴き出す。

「え？　違うのよ、そうじゃなくて……」

その鳴き声を聞いたテリルは、次第に真っ赤になっていった。

「テリル？　どうしたのですか？」

心配になって問いかけたイラリオンに、テリルは言いづらそうに答える。

「それが……この子、勘違いをしてるみたいで。その……あなたのことを、私の番《つがい》だと思い込んでいて。とっても仲が良くてお似合いだねって」

照れるテリルを見たイラリオンは、不意に動き回るヤナを呼び止めた。

「ヤナ、忙しいところ悪いのですが、あのカワウソにもっと魚を持ってきてあげてください」

「は、はい！」

普段は命令らしい命令もしないイラリオンから言いつけられて、ヤナは急いで魚をとりに厨房へ向かう。

「キュキュキュ！」

こんもりと盛られた魚を前に、カワウソは目を輝かせて何かを叫んだ。

「テリル、今度はなんと言っているのですか？」

「あ、う……えっと、君の番は最高の雄だから、絶対に離すなと……。違うって言ってるのに」

何度も番と言われて、真っ赤になって恥じらうテリルの姿に満足したイラリオンは、上機嫌のまま料理に手をつけたのだった。


「テリル。お話があります」

食事を終えたイラリオンは、目の前に座るテリルに真面目な顔を向けた。

ちなみにカワウソは先に食事を終え、ヤナが桶に張ってやった水で水浴びをしている。

「なんでしょうか？」

「神殿から連絡がありました。私達の婚姻届が正式に受理されたようです」

それを聞いたテリルは驚きに目を見開いた。

「まあ……早かったですね。もう少し時間がかかると思っていました」

「重要なことですから。聖下に無理を言って、私達の婚姻届を最優先にしていただきました」

「聖下にですか!?　あの、イラリオン……」

イラリオンの話を聞いたテリルは、とても言いにくそうにもじもじと指を弄っている。

「実は……このまま偽の婚約の状態だけでもわざわざ結婚せずに例の縁談を阻止できるのではと思っていたところだったのです。そのことをご相談しようと思っていたのに、こんなに早く婚姻届が受理されるなんて……」

イラリオンはテリルの様子を観察して、もしかしたらそう考えているのではないかと怪しんでいた。

実際にテリルの言う通り、婚約の状態だけでも王女との無理な縁談は白紙になりつつある。諦めの悪い国王は未だにブツブツと未練を口にしてはいるものの、ヴィクトルの説得もあり、イラリオンの強い想いを覆すのは無理だと諦めつつあるのだ。

しかしだからこそイラリオンは、婚約だけで済ませて逃げようとするテリルを囲うために、神殿とのツテを利用して先に結婚の届出を受理してもらった。

「ごめんなさい。もっと早く言い出していれば、私なんかと結婚せずに済んだかもしれないのに」

気を落とすテリルに良心がチクリとしつつ、イラリオンは優しい微笑みを彼女に向けた。

「何を言うのですか。契約はすでに交わしたはずです。今さらそんな寂しいことを言わないでください。私達は……最低でもこの先一年間は夫婦になると約束したではありませんか」

「それは、そうですけれど……」

「ということで。テリル、あなたは今日から正式に私の妻となりました。どうぞよろしくお願いいたします」

「はい、こちらこそ。よろしくお願いいたします、私の旦那様」

好きな子から言われた不意打ちの「旦那様」を正面から喰らって瀕死《ひんし》のイラリオンは、動揺をなんとか内に隠して青い瞳を妻となった女性へと向けた。

「差し当たっての課題として、私達の結婚式について早急に話し合う必要があるかと思うのですが、いかがでしょうか。急を要していたため婚姻届を先に提出しましたが、式は入念に準備をしてから挙げませんか？」

意気込むイラリオンに対して、テリルは慌てて首を横に振った。

「ダメです！　結婚式はしません！」

なんとなく予想していたイラリオンは、恐縮しているテリルに問いかける。

「……なぜですか？」

「だって、これは仮初めの結婚です。一生に一度のイラリオンの大切な結婚式を、私なんかと挙げて台無しにしたくはありません」

案の定、これが仮の結婚だからと身を引こうとするテリルを、イラリオンはわざと困った顔をして見た。

「どうしても、ですか？　私があなたと式を挙げたいのだとしても？」

「絶対にダメです。イラリオン、あなたは優しすぎます。私のことはもっと都合よく考えていただいて結構なのです。手間も暇もお金も、私なんかのために費やすのはどうかおやめください」

テリルはかたくなだった。テリルと過ごしたこの数日で彼女のことをよく分析し、理解し始めているイラリオンは、無理に話を進めるのは諦めて弱みを突くような一歩引いた提案をする。

「……ですが、私は王室騎士団長というそれなりの地位をいただいておりますし、次期侯爵でもあります。式を挙げないというわけにもいきません。ですので、こうするのはいかがでしょうか。一年後、もしこの契約結婚が解消されず、延長することになったら。その時は私と式を挙げませんか？」

「一年後、ですか……？」

イラリオンの立場で式を挙げないというのは確かに難しい選択だ。社会的信用にも関わるかもしれない。

何よりもイラリオンのことが優先なテリルは、そのことに思い至ってかたくなだった態度を和らげる。

そんな彼女に対し、ここぞとばかりに畳みかけた。

「強引に結婚を進めておいて、式を挙げないのも不自然です。ここは、事情があって一年後に挙式する予定だと周知するのです。そうすれば一年後契約解消の場合は式のみを取りやめにすればいいですし、契約延長なら一度式を挙げておくのが得策です」

イラリオンの話を聞いて納得したのか、それが彼のためになると判断したのか、はたまた最初から契約の延長などあり得ないと思っているのか。テリルは顔を上げて、そっと頷いた。

「……分かりました。そういうことでしたら」

テリルの返事にイラリオンがホッと胸を撫で下ろしたのも束の間、難しい顔をしたテリルは考え込みながら話を付け足した。

「でも万が一、契約が延長されて式を挙げるようなことになったとしても、できるだけ小規模で地味なものにしてください」

これだけは譲れない、と強い意志をその瞳に乗せるテリル。

「……努力します」

イラリオンは彼女と式を挙げられるのなら、できれば歴史に残るほど盛大なものにしたかった。しかしテリルがそれを望まないのであれば、無理に押し通すつもりはない。

「ではせめて、屋敷の内装工事をさせてくれませんか。本来でしたらあなたを迎え入れる前に済ませておきたかったのですが、予定が変わってしまい中途半端な状態になっていますから」

ついでとばかりに、これまで思っていたことを提案するも、テリルは強敵だった。

「私はこのままで構いません。特にどこかが壊れているわけでもありませんし。確かに古い装飾が残ってはいますが、元の所有者がきちんと管理されていたのかどれも綺麗な状態です。それに、内装は私ではなくあなたが将来結婚する奥様に合わせるべきですもの」

テリルの言葉にイラリオンは心の中でため息を吐いた。

確かにこの屋敷はそこまで修繕が必要なほど傷んでいるわけではない。

もちろんイラリオンはテリル以外の伴侶など微塵《みじん》も考えていないので全てをテリルの好みに合わせたいのだが、本人にその気がないのなら有難迷惑でしかないだろう。

彼女のために手間も暇も金も何もかもを注ぎ込みたいイラリオンとしては非常に不服だが、今のテリルに何をしてもイラリオンの想いを理解してもらえない限り負担になってしまう。

「……分かりました。では、当面の間は現状のままで過ごしましょう。ですが、何か必要なものがあればなんでも言ってください」

そう言うしかないイラリオンは、自分の不甲斐なさが情けなくて仕方なかったが、いつか必ずこの屋敷を彼女の望むままに改修しようと心に誓った。


「そういえば聞いてませんでしたが、私達の契約結婚について信頼できる方にお話ししてくださいと申し上げましたが、どなたにお話ししたのですか？」

式やら今後のことやらを話しているうちに、ふと疑問に思ったテリルが問いかけると、密かに決意を新たにしていたイラリオンは顔を上げて丁寧に答えた。

「ああ、それでしたらヴィクトル王太子殿下にお伝えしました」

「……王太子殿下に？」

しかし、テリルの反応は予想外のものだった。

王太子に話したと言えば驚くかもしれないとは思っていたが、テリルはヴィクトルの名前を聞いた途端、目に見えて不機嫌になったのだ。

「何か問題がありましたか？　彼は私の親友でして、彼ならば信頼できると思い話してしまいました」

どうしてテリルが急に不機嫌になったのか、その要因を探るようにゆっくりと答えれば、それに対してテリルはこれまで聞いたこともないほどの低い声を出した。

「……〝親友〟ですか？」

イラリオンはだんだん焦り出す。

なぜかは分からないが、テリルから醸し出される空気がピリピリとしている。

「お、怒っているのですか？」

何を間違ってしまったのかと、恐る恐る問いかけたイラリオンに対し、テリルは首を横に振った。

「いいえ。ただ、驚いただけです。イラリオンと王太子殿下は〝親友〟なのですか？」

そう言いつつも、テリルの声には明らかに棘があった。

珍しくイラリオンに向けてツンツンとした話し方をする彼女が新鮮で、しかしあまり機嫌を損ねてほしくないと驚きながらも慎重に説明する。

「はい。互いに無二の親友だと思っております。幼い日のあなたの言いつけ通り、彼と仲良く過ごそうと努力した結果、いつの間にかそうなっていました」

「……」

「テリル……？」

急に黙り込んだテリルに不安になり、その表情を窺うように覗き込むと、テリルはふいっとその視線を逸らす。

「なんでもありません」

そう言ってそっぽを向くテリルは、どこからどう見ても明らかに拗ねていた。

「どうしたのですか。王太子殿下のこと、そんなに気に障ってしまいましたか」

「違います」

「じゃあ……」

困惑するイラリオンに対して、テリルは顔を向けると開き直ったかのように叫んだ。

「ヤキモチです！」

「……ッ⁉」

一瞬、言葉の意味が理解できずイラリオンは硬直する。

「ただの嫉妬です。あなたにそんなに親しい〝親友〟がいるなんて、なんだか面白くないと思っただけです。それもあの王太子だなんて。私のほうがずっと、あなたのことを知っているし想っているのに！」

口を尖らせてテリルはそう言い募った。

彼女に何を言われているのか理解するにつれて、イラリオンは自分の顔が熱を持って赤くなっていくのを感じた。

「え、えっと……」

真っ赤になったイラリオンは口をモゴモゴと動かして何かを言おうとするが、言葉が出てこない。

ヤキモチ。

嫉妬。

あのテリルが。

王太子相手にそんなにあからさまな嫉妬をするほど彼女が自分のことを好きでいてくれるのだと思うと、イラリオンの心臓はドキドキと高鳴ってどうにかなりそうだ。

その不機嫌そうな素っ気ない態度に先ほどまで焦っていたのに、今では彼女のその態度が可愛くて仕方ない。

硬直するイラリオンとは対照的に、テリルはもじもじと指を動かして落ち着きがなかった。

「……あなたが王太子殿下と懇意にされていることは喜ばしいことだと思います。頭では分かっているんです、イラリオンが殿下と親しくするのは重要なことだと。ですけれど、やっぱり悔しいです」

イラリオンの袖を指先でひっぱり、テリルは上目遣いになって夫となったばかりの美貌の英雄を見上げた。

「私には、あなただけなのに」

グッと胸に迫るものを必死で押し込めたイラリオンは、息をするのもやっとなくらいに打ちのめされながらも、瀕死の理性を無理矢理叩き起こして正気を保った。

そして、彼女の愛を見せつけられるほどやはり思ってしまう。

どうしてここまで口に出すほど想ってくれているのに、自分の想いを受け入れてはくれないのか。

「私にも、テリル……あなただけです」

漏れ出たのは本心で、紛れもない本音なのに。

握った手は、今日もするりと離れてしまう。

「ありがとうございます。……そう言っていただけるだけで、十分です。変なことを言ってごめんなさい。今の話は忘れてください」

イラリオンが想いを伝えようとした途端、その気持ちを引っ込めて逃げようとする。

歯痒くて、せつなくて、それでも愛しくて。

毎日がどうにかなりそうなイラリオンは、逃げていくテリルの手を握り直した。

「イラリオン？」

「……言葉でダメなら、態度で示すしかないのでしょうね」

「え？」

イラリオンが呟いた言葉の意味が分からず首を傾げるテリルに、イラリオンは美麗な笑みを向ける。

テリルの頬が赤く染まったことにひとまず満足したイラリオンは、気持ちを整理して思考を前向きに切り替えた。

これまで彼女を観察してきて、分かったことがある。

それは、テリルにはどうにも強固で崩れることのない思想があり、そのためにイラリオンが自分を愛することなどあり得ないと思い込んでいるということ。

イラリオンがどんなに言葉を尽くしたところで、テリルの根底にあるその思想が壊れることはない。

そしてその思想が壊れなければ、イラリオンの気持ちが彼女に届くことはない。

では、どうすればいいか。

言葉だけでなく態度で、行動で、全身全霊で。何度でもこの想いを伝え続けるしかない。

氷のように固まっているテリルの固定観念を、溶かして削って割って少しずつ侵食していくのだ。

そうすればいつか、分厚い壁を取り払って疑うことすらできなくなった彼女の心は、イラリオンを受け入れるしかなくなるだろう。

「あなたが望むのなら、今後二度と王太子殿下とは接触しません」

誓うようにテリルの手に口付けたイラリオンにギョッとしたテリルは、慌てて首を横に振った。

「なっ！　何を言い出すのです、そんなこと、ダメです！」

「では、どうすれば信じてくれますか？　私にとって一番大切な人は、あなたなのです」

これまで遠慮気味だったのが嘘のように、急に距離を詰めてくるイラリオンにテリルは困惑する。

「わ、分かりましたから……。心臓に悪いので、もうおやめください。あなたの優しさは私が一番よく知っていますので」

耳の先を赤くして目を逸らす彼女が可愛くて、しかしあまり急にやりすぎるのは逆効果だと判断したイラリオンは、詰めていた距離を元に戻して礼儀正しくテリルから手を離したのだった。

「そうでした、テリル。式のことで一つだけご相談したいことがあります」

「はい、なんでしょう？」

イラリオンの言葉に姿勢を正してパチパチと愛らしい瞳を向けてくるテリルの姿に何度も胸を撃ち抜かれながら、イラリオンは冷静さを装って口を開いた。

「式にはクルジェット伯爵家の皆さんをお呼びしますか？」

「それは……当然そうなりますよね」

至極当然なことを聞いてくるイラリオンに違和感を覚えながらも、テリルは答えた。

「あなたが望まないのであれば無理に呼ぶ必要はありません。長年あなたを虐げた人達ではないですか。私としては、彼等を呼ぶ必要も、今後関係を持つ必要もないと思うのですが」

あまりにも鋭いイラリオンの声に、テリルは彼が自分のために怒ってくれていることを感じた。

ダメだと思うのに。

仮初めの関係だと分かっているのに。

イラリオンがこうして自分を大切にしてくれるたびに、テリルの胸が甘くドキリとしてしまう。

(流されてはダメよ。気をしっかり持たないと。今度こそ彼には幸せになってもらわないといけないんだから……)

「……確かに。あの人達はきっと、この結婚を利用しようとするはずです。だから、あなたに迷惑がかかるくらいなら完全に縁を切ってしまおうと思います。でも、結婚式に新婦側の参列者がいないのは……私は構いませんが、あなたの恥になってしまいませんか？」

自分のことよりも、いつだってイラリオンが優先なテリル。

そんな彼女を愛おしくも悲しく思いながら、イラリオンはこれまで準備してきたことを彼女に打ち明けることにした。

「それなのですが、とあるお方があなたの後見人になりたいとおっしゃっています。一度お会いしたいとのことですが、いかがでしょうか？」

「後見人？　私のですか？　いったいどなたが？」

「ビスキュイ公爵閣下です」

その名を聞いたテリルは、驚きに目を見開いた。

「おじいさまのご友人の？　でも、今までなんの交流もなかった公爵閣下がなぜ、私を……」

筆頭公爵家の当主からそんな提案を受ける理由が分からないテリルは、ハッとしてイラリオンの青い瞳を見上げた。

「……まさか、イラリオン。あなたが？」

「さて、なんのことでしょうか」

とぼけるイラリオンの瞳の奥には、楽しそうな光が見え隠れしている。彼が何かを手回ししたのだと気づいたテリルは、片手でそっと頭を押さえた。

「そうですよね。あなたが何も気づかないはずがありません。いったいクルジェット家の秘密をどこまで知っているのです？」

仮初めとはいえ、結婚相手の家庭事情を何も知らずにイラリオンがことを進めるはずはない。優しい彼ならばなおのこと、テリルが置かれていた状況を見て動かないはずがなかった。

まずはイラリオンが何を知っているのか確認しようとしたテリルに対し、イラリオンは肩をすくめた。

「秘密、とはなんのことを指しているのでしょうか。先代伯爵の孫娘であり、唯一の直系血族であるあなたの養父になることで、傍系の出自にすぎなかった現クルジェット伯爵がクルジェット家の財産と伯爵位を得た話は、高位貴族であれば知っていて当然です」

テリルに口を挟む暇も与えず、イラリオンはさらに続けた。

「それとも、周囲には養女であるあなたを大切に保護していると偽って、裏では伯爵があなたを虐げていたことでしょうか？　あとはクルジェット伯爵家を継ぐべき正統な後継者はあなたであり、現クルジェット伯爵にはその資格がない、ということですか？　または先代伯爵が相続について記された遺言状を現クルジェット伯爵が隠蔽《いんぺい》した件もでしょうか？」

「……全てお見通しなのですね」

何もかも調査済みのイラリオンの手腕に呆れ果てたテリルが困ったように笑うと、イラリオンは真剣な顔で彼女に向き直った。

「テリル。あなたはどうしたいですか。あなたが望むなら、私はいくらでも協力いたします。あなたが享受すべきだった財産や権利、名誉、名声、それらを取り戻したいと思いませんか？　あなたから全てを簒奪《さんだつ》したあの者達に復讐をしたいと、思ったことはありませんか？」

身を乗り出したイラリオンは、テリルに真剣な目を向けた。

青い瞳は一見涼しげだが、その奥には強い炎が宿っている。

少しだけ考え込んだテリルは、その瞳を正面から見つめ直した。

「私自身は、特にそれを望んでいません。復讐を考えた時期もありましたが、全ては無意味なことです。この人生において、私にとって一番大事なのはイラリオン。あなたなのです」

少しも揺れることのないテリルのまっすぐな瞳が、イラリオンを射抜く。

「ですから私のことは二の次なのですが、例えばクルジェット伯爵家の財産や地位があなたの役に立つと言うのなら喜んであの人達からそれを取り戻しますし、全てをあなたのために捧げます」

どこまでもイラリオンに対して献身的な彼女が愛おしいが痛ましくて、イラリオンは拳を握り締めた。

「テリル……」

そうして彼女の手を取り、諭すように口を開いた。

「お願いですから、私を想ってくださるその十分の一……いえ、百分の一でも構いませんから、ご自身を大切にしてくださいませんか」

懇願に近いイラリオンのその声音に、テリルの体がピクリと反応する。

「私にとってあなたはかけがえのない人です。私達はもはや他人ではないのです。あなたが傷つけば私の心が傷つき、あなたが奪われた分だけ私の理性は失われていくのです。そのことをどうか、肝に銘じてください」

「イラリオン……」

テリルの手を握る手は、力強いがどこまでも優しかった。


その日を境に、イラリオンは妻となったテリルへの猛アプローチを開始した。

「あ、あの……イラリオン。これは本当に必要なのですか？」

「当然です。我々はすでに夫婦になったのですから」

イラリオンが真っ先に用意したのは、揃いの結婚指輪だった。

これまではテリルが遠慮して受け取ろうとしなかったのだが、婚姻届が受理された今、していないほうが不自然だと説得を重ねてようやくテリルの指に収まったその指輪をイラリオンは愛おしそうに何度も撫でる。

「イラリオン？　えっと、さっきから距離が近くありませんか？」

テリルの手を握り、何度も何度も指輪を撫でる至近距離の夫の、目が眩むような美貌に顔を真っ赤にしながら、テリルは静かにイラリオンと距離を取ろうとする。

「そんなことはありません。夫婦なのですから、これくらいの距離でいるのは当たり前です」

そんなテリルを逃がさないとばかりに捕まえては、さらにイラリオンは距離を詰める。

「で、でも、さすがに近すぎます……！」

どうしていいか分からないのか、テリルは終始照れてはいるものの、本気でイラリオンを拒絶することはなかった。

「そうですか？　私はもっと、あなたに近づきたいくらいなのですが」

どんな時もイラリオンを尊重してしまうテリルの性質をよく理解しているイラリオンは、ここぞとばかりにその美貌で仮初めの妻を誘惑する。

夫の掠れた甘いささやき声に、テリルが首まで真っ赤になったその時だった。

「旦那様、奥様。大旦那様の歓迎準備ができました」

イラリオンに迫られて困惑していたテリルは、声をかけてきたメイドの言葉に慌てて夫から離れた。

「ヤナ！　ありがとう。全部任せてしまってごめんなさい」

この後、二人の屋敷をイラリオンの父が訪れて、結婚の報告と挨拶をする予定だ。

イラリオンが手を離してくれないせいでヤナに準備を任せるしかなかったテリルが慌てて立ち上がってそう言うと、ヤナは首を横に振った。

「いいえ。奥様は目を離すとすぐに働こうとしてしまわれるので、たまにはゆっくりお休みしていただきたいと常々思っておりました」

テリルを気遣ってくれる彼女に気を良くしたイラリオンは、穏やかな表情でヤナをねぎらった。

「ヤナ、いつもご苦労様です。家事は一人で問題ないですか？」

「はい。今日の洗濯はカワウソが手伝ってくれました。他にも掃除はネズミ達が分担してくれていますし、食事は旦那様と奥様が手伝ってくださるのでとても助かっております」

「そうですか。それは何よりです。しばらくの間は君に負担をかけてしまいますが、これからもよろしく頼みます」

「もちろんです。奥様のお陰で解雇されずに済んだのですから、これからも精一杯お仕えしたいと思っております」

何よりも彼女がテリルの信頼を得ているのなら、それ以上のことはないと上機嫌なイラリオンは満足そうに頷いたのだった。


「父上、お越しいただき感謝します。妻のテリルです」

「お初にお目にかかります」

「……うむ」

予定通りに屋敷を訪れたイラリオンの父、宰相を務めるスヴァロフ侯爵は、テリルの丁寧な挨拶に少しだけ動揺しながらも、イラリオンに促されるまま屋敷内に足を踏み入れた。

「少々事情がありまして。早急にことを進めたため、父上に正式な許可をいただく前に婚姻届が受理されました。式は入念に準備をして一年後に挙げる予定です」

席に着いた途端、イラリオンは要点だけを話す。

この説明で大丈夫なのかとテリルが心配していると、侯爵は呆気なく頷いた。

「私に許可を仰ぐ必要はない。私はいつでもお前に侯爵家を明け渡す用意ができている。だから、お前の好きにしなさい」

「父上……ありがとうございます」

息子に頷いてみせた侯爵は、次に息子の横に座るテリルに目を向けた。

噂では気の触れた変わり者令嬢と揶揄《やゆ》されているテリルは、イラリオンに貰ったドレスを上品に着こなし、背筋を伸ばして座っている。

自慢の息子が選んだ女性なのだからどんな令嬢でも受け入れようと思っていた侯爵は、ひと目見てテリルが噂通りの令嬢ではないと見抜いた。

そして何よりも、彼女を見つめる息子の甘い瞳と締まりのない顔。

異性に対してまったく関心を示さないどころか誰に対しても一定の距離を保つイラリオンが、彼女にだけは見るからに心を許し自分から距離を詰めている。

それが意味するところは明白だった。

「テリル。息子をよろしく頼みます。君に随分と執心のようだから、どうか見捨てないでやっておくれ」

思ってもみなかったことを侯爵から言われたテリルは、イラリオンのほうをチラチラ見ながらおずおずと頷いた。

「えっと、はい。未熟な私ですが、少しでもイラリオンのお役に立てるよう精一杯頑張ります」

うんうん、と満足そうに頷いていた侯爵は、「それでは」と席を立とうとした。

多忙な中で時間を作ってくれたのは知っているが、あまりにも短い滞在時間にイラリオンは違和感を覚え、ついでに父の目の下にできたクマを見てすぐさま声をかけた。

「父上、何かあったのですか？　お疲れのご様子ですが」

立ち上がりかけた侯爵は、いつまでも息子に隠しておくのは無理だと判断したのか、席に座り直して大きなため息を吐いた。

「ああ。……実は先日の嵐で領地に甚大な被害が広がっていてな。中でも作物の被害がひどく、食糧不足が深刻化しているんだ」

予想外の父の答えに、イラリオンは慌てて言い募った。

「そんな一大事をどうして教えてくださらなかったのですか。今すぐ手を考えましょう」

これまで驚くほどに優秀で、手がかかるどころか父親である自分を助けるほどに有能だったこの息子が、遅れてきた春を謳歌せんとばかりに浮かれて新妻のための新居をせっせと用意していたのを知っている侯爵は、このことで新婚の息子を煩わせたくはなかった。

「……お前に相談したところで打つ手は限られるだろう。金だけならまだしも、食糧だ。スヴァロフ家の貯蔵庫を開くのは当然として、それもいつまでもつか。近隣の領も同じ状況だと報告が来ているから、今後は食糧の余っている南部の領に救援要請が殺到するだろう。この交渉を乗り切ることが唯一の鍵となる」

「それでしたらなおさら、後継者として私も手伝わせてください」

胸に手を当てたイラリオンが父に強い目を向けると、侯爵は静かに首を横に振った。

「お前に任せたほうが早く解決するかもしれんが、お前も妻を迎えていろいろと大事な時期ではないか。ここは私がどうにかするから、心配するな。いつでも当主の座を譲り渡す準備ができているとは言ったが、私だってこう見えてもまだまだ現役だ」

「しかし」

「あの……もしよろしければ、なのですが……」

過熱するかに見えた親子の言い合いを遮ったのは、イラリオンの横で居心地悪そうに座っていたテリルだった。

「……私に解決策があります」

「テリル？」

「君が……？」

驚いた親子が呆然と目をやると、テリルは立ち上がってそっと頭を下げた。

「少々お待ちいただけますか？」

数分後、戻ってきたテリルの腕には書類が抱えられていた。

「これは？」

首を傾げる二人にテリルが見せたのは、莫大な量の穀物の貯蔵記録だった。

その量はスヴァロフ家が所有している貯蔵量の数倍はあり、来年の作物が実る時期まで十分に領民が食べていけるだけの量だった。

「私が個人的に所有しているものです。全てお好きなように使ってください」

「なっ……！」

「!?」

衝撃を受けた二人が同時に顔を上げてテリルを見る。

「テリル、これはいったい……」

イラリオンが問いかけると、テリルはなんでもないことのように言った。

「どうぞご遠慮なさらずに。どちらにしろ、スヴァロフ家に寄付しようと思っていたものです。これで皆さんのお役に立てるのなら何よりです」

絶句する二人を前にしてもテリルは照れくさそうに微笑むのみ。

状況を呑み込めない父が息子に目を向けるが、イラリオンもまたこの状況を処理しきれていない。

困惑しながら目だけで会話をした親子は、このとんでもない贈り物をとりあえず受け取ることにした。

今後の対策のため、スヴァロフ侯爵はテリルの持ってきた書類を手に慌てて侯爵邸に戻っていく。

父を見送ったイラリオンが説明を求めて向き直ると、テリルは自分のしたことが少しも特別だとは思っていないような態度でイラリオンに話し始めた。

「実は、あれをどうやって渡そうか悩んでいたのですけれど、結婚しておいて良かったです。夫婦であれば財産を渡すことは何もおかしいことではないですから。あなたと再会する前は、寄付という形にするしかないと思っていたのですが、さすがに他人からいきなり寄付されたら怪しくて受け取ってもらえないかもと心配してたんです」

イラリオンはどこから突っ込めばいいのか分からないテリルの言葉に頭を抱えた。

あの量の穀物を元からイラリオンに寄付するつもりで用意していたと言うのなら、ある意味正気ではない。

こうなることを見越して準備していたのが明白な彼女の言動に、イラリオンは痺れる脳を使ってとりあえず必要な情報を確認した。

「どうやってあの量を？　購入するのはもちろんのこと、維持にも相当な費用が必要だったはず。あの伯爵家にいて、その資金をどこから調達したのですか？」

「穀物については、こんなこともあろうかと一年前から準備をしていました。お金は……賭けや投資でそれなりに持っていたので特に困りませんでした」

「賭けや投資……？」

「あ、えっと、そんなに大したものではないのです。たまたま運良く手にしたお金だったので、何かあなたのために役立てたかったんです」

言いたいことはたくさんあったが、イラリオンはテリルの夜明け色の瞳を数秒見つめると、諦めたようにため息を吐いた。

そうして小柄な体に手を伸ばし、腕の中に閉じ込める。

「えっ、イ、イラリオン？」

　突然抱き寄せられて驚いたテリルが腕の中から抜け出そうとするが、イラリオンの力に敵うはずもなく、そのまま仮初めの夫の腕に抱かれるしかなかった。

「まったく。あなたという人は……」

「わ、私、また何か余計なことをしてしまいましたか？」

　イラリオンの呆れた声に慌てたテリルが腕の中から問いかけると、イラリオンはそのままの状態で答えた。

「いいえ。助かりました。あのままではスヴァロフ領はかなりの損害を被ったはずです。私も父を手伝いに行こうと思います。しばらく帰りが遅くなるかもしれませんが……」

「どうぞお気になさらず。ただでさえご多忙なのに、ここのところ早く帰って来ていただいてたでしょう？　あなたに会えるのは嬉しいですが、心苦しくも思ってたんです。私のことは気にせず、あなたのやるべきことをなさってください」

「……～～ッ！」

　堪らなくなったイラリオンは、テリルから身を離すとその瞳を覗き込むように正面から顔を見合わせた。

「テリル」

「イ、イラリオン！　あんまりそんなふうに見つめないでください、私、勘違いしてしまいそうです！」

「あ……」

イラリオンの一瞬の隙を突いてその腕から逃れたテリルは、真っ赤な顔で早口に捲《まく》し立てた。

「すぐ向かわれますよね、私のことはいいので早く準備をなさってください。私はヤナの手伝いをするのでもう行きます。あとでお見送りいたしますから」

そそくさと言い訳を並べて走り去っていくテリルの背中を見送りながら、イラリオンは残念な気持ちもある中でその慌てぶりに苦笑してしまった。

「勘違いではないのですが」

ふわふわとした髪を揺らして去るその背中がどうにも愛おしくて、完全に見えなくなるまでずっと見ていたい。

しかし、温かな想いとは別に、イラリオンは今回の件で確信した。

ずっと前からその可能性を感じていたが、まさかとは思っていた。

初めて会った日に、テリルがイラリオンに告げた言葉。

王太子になる前のヴィクトルを王太子と言い、仲良くするように助言し、他者への接し方についてイラリオンを諭す彼女の言葉は妙に具体的だった。

そして何よりイラリオンが命を落としかけた戦場での一夜。

あの日イラリオンが単身で敵地に乗り込んだのは、作戦とは関係のない突発的な行動であり、あれを予測できた者はいるはずがなかった。

それを矢が飛び交う戦地の真ん中まで赴いて助け、イラリオンと部下の命を救ったテリルの行動。

加えて、今回のスヴァロフ領の災害に備えた穀物の貯蔵。時期や資金の出どころも含めて、何もかもが偶然というにはあまりにもできすぎている。

イラリオンの頭の片隅にあった非現実的な仮説を適用するほうが、よっぽど現実的だ。

これまでの彼女の言動の数々が、一つの答えを示していた。

イラリオンの想い人、愛する仮初めの妻テリルは――。

「彼女はやはり……未来を知っているんだな」

第八章　精霊の末裔

深夜に帰宅したイラリオンは、音もなく入った玄関先で階段に腰掛けてうつらうつらとしている妻の姿を見つけて慌てて駆け寄った。

「テリル！　こんな時間まで待っていたのですか？」

「あ、イラリオン……おかえりなさい」

寝惚け顔で微笑んだテリルが、ふあぁっと伸びをして立ち上がる。

眠たいのか全体的にぽやぽやとしている彼女を支えてやりながら、イラリオンは申し訳なさそうに告げた。

「すみません、先に眠っているものとばかり思っていたので……」

「お気になさらないでください。さっきまでヤナもいてお喋りをしてたのですが、あの子は朝が早いので下がらせたところだったんです」

目を擦りながら首を振ったテリルは、嬉しそうに両手を差し出した。

それがいつもの上着を受け取る合図だと気づいたイラリオンは、苦笑しながら脱いだ上着をテリルに手渡す。

「いつも出迎えありがとうございます」

「いいえ。私がしたくてしていることですもの。それより、領地のほうはどうでしたか？」

「あなたのお陰でなんとかなりそうです。実は、想像以上に切迫した状況でした」

イラリオンが実家に押しかけたことで現状を全て白状したスヴァロフ侯爵によると、スヴァロフ領は作物への被害だけでなく、土砂災害も受けていた。

「食糧調達に多額の資金を回していたら、復興の費用が足りず多くの領民が路頭に迷っていたはずです。食糧問題が解決したお陰で、早速土木工事に着手する手筈《てはず》を整えることができました」

「そうですか、それは良かったです」

「テリル……」

「はい？　どうしました？」

テリルに向けて何かを言おうとしたイラリオンは、開いた口を閉じて微笑んだ。

「……いえ。なんでもありません。本当にありがとうございました」

丁寧に頭を下げたイラリオンを前に、パチパチと瞳を瞬かせたテリルは、困ったように笑って、あろうことか手に持っていたイラリオンの上着を羽織った。

「そう改まって言われてしまうと、なんだか寂しいです。どうか私のことは、あなたの所有物だとでも思ってください」

テリルの行動にいちいち大ダメージを受けるイラリオンは、思わず片手で目を覆う。

なんというか、ここまでくるとわざとなのではないかと疑ってしまう。

イラリオンの上着を纏ってギュッと握り締め、上目遣いで見上げてくる姿は誘っている以外の何ものでもないだろう。

大幅に余った袖をヒラヒラと振って、「あ、イラリオンの匂いがする」と頬を染める様は、殺しにかかっているとしか思えない。

もしかしたら彼女は自分の理性を試しているのではないか。

はたまた男心をもてあそんで楽しんでいるのだろうか。

だとしたらタチが悪すぎる。

疲れて帰ってきたところを可愛い寝惚け顔の新妻に迎えられて、脱ぎたての自分の匂いが染みついた上着に身を包んで見上げられたら男としてはいろいろとアレだ。

唇を噛みしめすぎて血の味までしてきたイラリオンが、身の内に暴れ回る衝動をやっとのことで堪え切ると、テリルは数歩先で笑っていた。

「あなたの上着、温かくてあなたの香りがして気に入りました。私の贈ったものを負担に思われるようでしたら、代わりにこの上着を貰えませんか？　それで〝おあいこ〟です」

袖先を余らせた両手を振りながらとんでもないことを言い出したテリルを見て、再び何かを堪えるハメになったイラリオンは、首筋に血管を浮き上がらせながらなんとか微笑んでみせた。

「そんなもので代わりになるはずはありませんが、あなたが望むのでしたらいくらでも差し上げます」

イラリオンの言葉に喜んだテリルが、はしゃぐように鼻先を袖に埋める。

イラリオンの匂いを胸いっぱいに吸い込んだその夜明け色の瞳は、どこまでも幸せそうだ。

深夜のホールには、イラリオンのどこまでも重く長く深いため息が響き渡った。

◇

「イラリオン！　お前、いくら新婚だからって親友をこんなに放置するとは酷いじゃないか！」

その日、王室騎士団長の執務室に突入してきたヴィクトルは、黙々と仕事をこなしていたイラリオンの前まで来ると子どものように声を荒らげた。

「ヴィクトル。少し待ってくれないか、この書類を仕上げたら話を聞こう」

顔すら上げずにサラサラと書類を処理する親友に、ヴィクトルは焦ったような唸り声を上げた。

「うぅ……本当に重要な書類じゃないか。これじゃあ邪魔できない。せっかく時間を見つけてここまで来たのに……」

しかし、悔しそうなヴィクトルとは裏腹にイラリオンはあっという間に目の前の書類を片づけて、数分と経たないうちに親友へと向き直った。

「すまない。それで、どうしたんだ？」

仕事の速さも、綺麗すぎる顔も、余裕の表情も。何もかもが憎たらしいヴィクトルは、口を尖らせた。

「どうした、じゃないだろう。お前が奥さんに夢中で親友のことを忘れているようだから、完全に忘れられる前に顔を見せに来たんだよ」

つまりは放っておかれて拗ねたのかと、事情を理解したイラリオンは真剣な顔で頷いた。

「なるほど。それはすまなかった。だが、君と話すと彼女が嫉妬するんだ」

「はあ？　何わけの分からないことを言ってんだ？　冗談もほどほどにしろ」

真面目な顔で意味不明なことを言い出したイラリオンに、ヴィクトルは若干引き気味だ。

イラリオンにとっては嘘でも冗談でもなかったのだが、ヤキモチを妬く妻の可愛い姿は自分だけが知っていればいいかと特に訂正もせず、本題に入った。

「それで。ここに来た本当の目的はなんだ？」

親友に見透かされていたヴィクトルは、敵わないなと息を吐いて話し始めた。

「報告に来てやったんだ。とうとう父上がお前の結婚相手を公表すると約束してくれた。これまで無駄な足掻きで箝口令《かんこうれい》まで敷いていたが、もう観念したんだろ。まったくお前には恐れ入ったよ。こんなに早く神殿に婚姻届を受理させるなんて」

肩をすくめたヴィクトルに、イラリオンはなんでもないことのように言った。

「聖下には前々から良くしていただいているからな」

「……まさか、ずっと神殿に寄付を続けてきたのはこのためじゃないだろうな？」

疑うような親友の目に、イラリオンは苦笑する。

「もちろん違うさ。ただ、たまたま今までの行いが報われただけだ」

元々美麗だが、イラリオンのその顔はますます美しさに磨きがかかっていた。

「……幸せそうだな」

「まあ、それはな」

少々つらいこともあるが、日々充実しているイラリオンが頷けば、ヴィクトルは再び口を尖らせた。

「いいな。お前を見てたら俺も結婚したくなってきたよ」

「すればいいじゃないか」

「それが、俺はあと一年は結婚できないんだよ」

「そういえば、陛下もおっしゃっていたな。二十五歳になるまでは王太子を結婚させないと。何かあるのか？」

不思議そうなイラリオンに、ヴィクトルは「ここだけの話だ」と前置きをして話し始めた。

「スヴァロフ家なんだから、お前も当然知っているだろう。三銃士の一人、伝説の大魔法使いオレグ・ジャンジャンブルの花嫁とその子孫について」

「ああ。彼と親交の深かった王家とスヴァロフ侯爵家にしか伝わっていないあの話のことなら、もちろん知っている」

心当たりのあるイラリオンが頷くと、ヴィクトルはより一層声を潜めた。

「その話の通り、オレグ・ジャンジャンブルの花嫁は人間じゃなかった。彼は精霊と結婚した数少ない人間の一人だ。その子孫には当然、大魔法使いの魔力と精霊の不思議な力が受け継がれていると言われている」

ヴィクトルの言葉を受けたイラリオンは、慎重に言葉を選んだ。

「……しかし彼は現役引退後、爵位を返上して平民となり、家族と片田舎に移り住んだ。王室もその後の詳しい所在や子孫の行方を把握していないと聞いたが？」

「その通りだ。だが、父上は彼の子孫を捜しているんだよ。王族の伴侶にするため……特に次期国王となる俺と結婚させるためにな。だから俺の結婚を先延ばしにしてるってわけだ」

「つまり、オレグ・ジャンジャンブルと精霊の血筋が現代まで受け継がれていて、その子孫が妙齢の女性だったら。君の花嫁にするということか？」

「そういうことだ。今も熱心に王室の調査機関が子孫の行方を調査中だ。まあ、成果がまったく出てないから世継ぎのことも考えて、俺が二十五歳になるまでって期限を設けたんだけどな」

馬鹿げた話だよと笑ったヴィクトルは、ふとイラリオンの顔を見て動きを止めた。

「……ヴィクトル。悪いがそれは無理な話だ」

美貌の英雄、国宝級令息イラリオン・スヴァロフは、挑むような鋭い視線を親友である王太子に向けていた。

「イ、イラリオン？　お前いったい何を……」

親友のただならぬ様子に狼狽えながらヴィクトルが問いかけると、イラリオンは淡々と言い切った。

「君がオレグ・ジャンジャンブルと精霊との間に生まれた子孫と結ばれることは、未来永劫あり得ない」

目を見開いたヴィクトルが、慌てて身を乗り出す。

「おいおい、待ってくれ。何か知っているのか？」

　ヴィクトルをジッと見つめているイラリオンは、トントントンと指で机を叩いて少しの間思案すると、静かに口を開いた。

「……彼女はすでに結婚している。まさか、人妻に手を出す気はないだろう？」

「はぁ？　そりゃあ、そんな気は微塵もないが……お前、やはりその人の正体を知ってるんじゃないか！　いつの間に見つけたんだ？」

「…………」

　前のめりになったヴィクトルの問いに、イラリオンは口を噤《つぐ》んだ。

　答える気はないという意思表示だ。

「分かったよ。〝彼女〟ってことは、女性なんだな？　じゃあ、その女性に子どもはいるか？　いるのなら、その子どもを今後生まれてくる王族の伴侶にすればいい」

　それならどうだとヴィクトルが問うと、イラリオンは再び間を置いてから答えた。

「子どもはまだいない。なにせ新婚だからな」

「そうか、新婚……ん？」

　ヴィクトルは〝新婚〟と強調する親友になんともいえない妙な違和感を覚えた。

「それに今後もどうなるか分からない。目先の利益ばかりに捉われて先のことを勝手に判断するのは王室の悪い癖だと思うぞ」

　諭すようなイラリオンの言葉に、いろいろと心当たりのあるヴィクトルは声を詰まらせる。

「そ、それはそうだが。でも、貴重な精霊の血が混じった人間だ。それもあの大魔法使いの血まで引いてるんだ。その人を王室でも把握して保護する必要がある。いったい、どこの誰なんだ？　どんな特殊能力を持っている？」

「王室の介入は必要ない。彼女はすでに、厳重に保護されている」

話を一蹴して目を逸らしたイラリオンに、ヴィクトルは慌てて言い募った。

「いやいや、普通の人間じゃないんだぞ？　この秘密が漏れれば、下手したら他国からも狙われる可能性だってある。ただの保護じゃ絶対に足りない。それこそ、英雄であるお前が四六時中張りついているくらいじゃないと安心できない！」

「…………」

イラリオンは黙ったまま、目を細めて親友を見た。

それはまるで、ヴィクトルを値踏みしているかのような視線だった。

「イ、イラリオン……？　なんでそんな目で俺を見るんだ？」

「君が信用に足る人物か見極めているんだ」

「はあ⁉　なんてことを言うんだ、俺達親友だろう！　今さら信用できないって言うのか？　酷すぎる！　泣くぞ、ここで大泣きするぞ、いいのか⁉」

絶叫したヴィクトルに、イラリオンはため息を吐くと表情を緩めた。

親友が話す気になってくれたことを察したヴィクトルは、慌てて姿勢を正して椅子に座り直す。

「十年前のことだ。私はボンボンにあるスヴァロフ家の別荘で、隠し部屋を見つけた」

「ボンボン？　……ああ、お前、毎年初夏になるとあそこに行くもんな」

イラリオンの毎年の行動パターンを思い出しながら相槌を打つヴィクトルのことは無視をして、イラリオンは話を続けた。

「その中には私の曽祖母、アリナ・スヴァロフの日記があった」

「ビスキュイ公爵家の血筋に連なる方で三銃士を引き合わせた女性だよな。イヴァン・スヴァロフの妻だろう？」

「そうだ。曽祖母はオレグ・ジャンジャンブルの花嫁とも親しくしていたようだ」

それを聞いたヴィクトルは、得心したように膝を叩いた。

「なるほど。その日記に手がかりが書かれていたんだな？」

横目で親友を見ながら頷いたイラリオンは、曽祖母の日記の内容を明かした。

「精霊が人間と番になるためには、人間の姿に変化する必要がある。曽祖母の日記には、人間化した精霊の特徴が記されていた」

「特徴？　それって、ひと目で分かるような身体的特徴があるってことか？　だとしたら、それが子孫にも受け継がれてる可能性がある。そうか、それでお前はその子孫を探し出せたんだな？で、その特徴とはなんなんだ？」

興味津々のヴィクトルに対して一度黙り込んだイラリオンは、そっと手を上げると自分の青い瞳を指差した。

「目だ。人間化した精霊の瞳、その虹彩には、複数の色が入り混じっていたそうだ」

「目？　複数の色……って。おい、ちょっと待て。イラリオン、まさか」

ヴィクトルは嫌な汗が額から頬に流れ落ちていくのを感じた。

つい最近ヴィクトルは、その特徴を持つ令嬢をイラリオンに教えた気がする。

イラリオンいわく、彼女の瞳は幻想的で美しいらしい。

しかし、その他の多くの者から気味の悪い瞳を持っていると遠巻きにされていた。

濃紺とピンク色の入り混じった、イラリオンが〝夜明け色〟と称する瞳を持つ、新婚の女性。

「……まさか。テリル・クルジェットは、大魔法使いと精霊の子孫だったのか？」

「…………」

答えないイラリオンは、ヴィクトルを見つめること数秒。立ち上がってヴィクトルの目の前に立った。

「イ、イラリオン？」

「なぁ、ヴィクトル」

その声は氷のように冷ややかだ。肩に置かれたイラリオンの手が、ものすごく重い。

「君は私の親友だ。もし万が一、君が私の愛する女性を奪おうとしたら、どうなるか。分かるよな？」

ヒッ、と喉を詰まらせたヴィクトルは、美貌の英雄から向けられた容赦のない殺気に震えながら黙って頷くしかなかった。

コクコクと何度も頷くヴィクトルに満足したイラリオンは、いつもの穏やかな空気を纏って自分の席に戻る。

「まあ、そういうことだ。私の屋敷には幾重にも結界魔法がかけられている。彼女の保護については問題ないので安心してくれ」

◇

「テリル、おはようございます」

「イラリオン、おはようございます」

イラリオンにとっては毎朝の楽しみとなっている、テリルとの朝食作り。

今日も早朝から顔を合わせた仮初めの夫婦は、互いに深々と頭を下げて挨拶を交わすと朝陽の中で微笑み合う。

「今日の朝食は、野イチゴのパイにしようと思います。クロウが摘んできてくれたんです」

「カァ、カアー」

テリルが籠いっぱいの野イチゴを見せると、椅子の背もたれに大人しく留まっていたカラスが得意げに鳴く。

「ツヤツヤと赤くて美味しそうですね」

イラリオンが感心してみせると、テリルとクロウはますます嬉しそうに目を輝かせた。

「そうですよね！　この子、やればできる子なんです！」

自分が褒められたかのようにはしゃぐテリルは眩しいほどに上機嫌だ。

「……朝から可愛いな」

思わずぽそりと声が出てしまったイラリオンだったが、その言葉を聞いたテリルはクスクスと笑った。

「うふふ。イラリオンもそう思いますか？　私達のためにわざわざ摘んできてくれたんですもの。本当に可愛い子ですよね」

テリルの目はクロウに向けられているが、イラリオンが見つめているのはテリルだった。

しかし、その視線に気づかないテリルは、鼻唄を歌いながら朝食作りの準備を始めるのだった。


イラリオンが仕事に出かけ、ヤナにお使いを頼んで広い屋敷に一人になったテリルは、フードを被ってコソコソと屋敷を抜け出そうとしていた。

クロウやリス達が従うようにテリルの周りをうろちょろしている。

動物達に見守られながら、テリルが屋敷を取り囲む塀に手をかけてよじ登ろうとした時だった。

「そうやってクルジェット伯爵家にいた時も、こっそり抜け出していたのですか？」

突然声をかけられ、テリルは硬直し、振り向く。

「イラリオン⁉」

その背後では逃走する寸前のようなテリルの姿を見つけたイラリオンが、呆れたような目をテリルに向けていた。

「……あなたを縛りつける気はありませんが、外出するならきちんと言ってください。邪魔かもしれませんが、護衛をつけさせてほしいです」

抜け出すのを諦めたテリルは、バツが悪そうにイラリオンを見上げる。

「ごめんなさい。ちょっとだけ、お金を稼ぎに行こうと思って……」

その言い訳を聞いたイラリオンは、頭を抱えた。

「言いたいことは本当にいろいろとあるのですが、私は夫としてあなたに不自由をさせない程度には稼いでいるつもりです。お金が必要なら言っていただければ、いくらでも用意しますから。あまり私を心配させないでください」

「でも……何から何まで用意してもらったうえに、生活費だって全部負担してもらってます。せめて自分が生活する分くらいは、自分で稼がないと……」

チラチラと見上げながら弁明するテリルに、イラリオンは諭すような青い瞳を向けた。

「テリル。こんなふうにコソコソとしているということは、あなたも心のどこかでは分かっているのではないですか？　私がそれを望まないと」

「うっ……」

図星を突かれたテリルは、ぎゅっと服の裾を握り締めて唸った。イラリオンであれば当然そう言うだろうと思っていたので、コッソリお金を貯めて気づかれないように返そうと思っていたのに。

「この話はまたの機会にしましょう」

テリルの様子を見て深く追求しなかったイラリオンは、顔を上げた妻に対して気を取り直したように告げた。

「実は、あなたに客人を連れて参りました。差し支えなければ会っていただけませんか？」

「お客様ですか……？　私に？」

「はい。以前、お話ししていた方です」

「えっと、分かりました。急いで用意してきます」

イラリオンの視線から逃れたかったテリルは、気まずそうな動物達と一緒に慌てて部屋に戻っていった。


「君の祖父、先代伯爵タラス・クルジェットは私の盟友だった。今日は彼の血を引く君に話があって、ご夫君に無理を言って押しかけてしまった」

挨拶の後、用意された席でそう切り出したのは、キュイエール王国の筆頭公爵家当主、ビスキュイ公爵だった。

公爵は持っていた杖を握る手に力を込め、目の前に座る小柄なテリルを痛ましい目で見つめている。

「伺ったことがあります。祖父と閣下はチェス仲間だったと。ですけれど、お恥ずかしながら私は家門のことをあまり知らないのです。何か失礼があってもどうぞご容赦ください」

突然の公爵の訪問にも狼狽えず、堂々とテリルは答える。

静かに言葉を詰まらせた公爵は、咳払いをすると話を続けた。

「タラスが遺《のこ》した遺言状の内容を私は知っている。知っていて、それが彼のためになると信じて黙っていた。しかし、どうやら私は間違っていたようだ」

「……」

口を噤んだテリルの横から、イラリオンが公爵に問いかける。

「公爵閣下。先代伯爵は何を望まれていたのですか？」

「彼は……クルジェット伯爵家の全てをテリル嬢、君に譲り渡すつもりだった。爵位も財産も、家門の何もかもだ。遺言状にはその旨が記されていた」

「そう、だったのですね」

複雑そうではあるものの、驚いているわけではなさそうなテリルの横顔を見て、イラリオンは彼女がこのことを知っていたのだと確信した。

しかし、今は公爵の話を聞くのが先だ。

イラリオンは再び公爵に目を向ける。

「当時の話を詳しくお聞かせ願えますか」

テリルの代わりにイラリオンが問えば、公爵は息を吐いてから語り始めた。

「よくある話だ。テリル嬢の父親……タラスの息子は平民の娘に恋をして、身分を捨てて駆け落ちした。怒りの収まらなかったタラスは長年息子を捜しもしなかった。しかし、病に倒れ自分の死期が近いことを悟ると過去の所業を悔い、息子を見つけ出して爵位を継がせるためその家族ごと呼び戻したのだ」

「家族、ということは……」

「そうだ。彼と、彼の伴侶となった平民の娘、その間に生まれていた子ども。テリル嬢、君だ」

「……私はまだ幼かったので、両親のことはあまり覚えていません」

キッパリと告げたテリルに、公爵はゆっくりと頷く。

「であろうな。クルジェット家に戻るその道中で不幸な事故が起こったのだから。……君の両親は亡くなり、君だけがタラスの元に遺された。タラスは病床にありながら、息子の忘れ形見である君のために尽力した」

先代伯爵は平民として生まれたテリルを正式にクルジェット家の直系と認め、籍に入れて厳重に保護し、後継者として指名しようとしていたという。

しかし、テリルが幼すぎたために後継者と決定するのは叶わなかった。

「そんな中、君の後見人として名乗りを上げたのが、現クルジェット伯爵であるロジオンだった。クルジェット家の傍系だが、野心のある男でな。タラスが生きている間、ロジオンも彼の奥方も、それはそれは君を大切にしていた。今思えば、死にゆくタラスに取り入るための手段だったのだろうが、周囲は彼に騙された」

現伯爵であるロジオン・クルジェットはテリルの養父となることで、病床の先代伯爵からクルジェット家を実質的に乗っ取った。

その姿は対外的に見れば、幼いテリルを伯爵に代わって保護し、大事に育てているように見えたらしい。

「しかし、用心深いタラスは万一に備え、幼い孫娘のために遺言状を遺した。それを……タラスの死後、ロジオンは跡形もなく焼き払ったのだ。そして直系である君の養父となっていることを大義名分として、ロジオンが爵位を継承した」

悲痛そうに顔を歪めた公爵に対し、テリルはただ彼を見ているだけだった。

「遺言状のことを問いただした私にロジオンはしゃあしゃあと言った。テリルは病弱で、両親の死を目の当たりにしたショックから精神的に不安定な状態だと。か弱い子どもに伯爵家を背負わせるのは酷だから自分に全てを任せてほしいとな」

杖の持ち手を握り締めたビスキュイ公爵は、苦々しげに息を吐いた。

「その後、気が触れているだの、変わり者だの。君の噂を耳にするたびに、タラスの遺したものを受け継ぐのは君にとって確かに荷が重いのではと思うようになってしまった。だからこそ遺言状の件は黙っていたというのに。まさか、ロジオンの話が全て嘘だったとは」

憤る公爵は、イラリオンと同じ青い瞳をテリルに向ける。

「イラリオン卿の話では、君はクルジェット家で娘として扱われるどころか、メイド同然の扱いを受けていたというじゃないか。あの噂も、彼等が意図的に流したものに違いない。あんな者の言葉を信じた私が愚かだった」

どうか赦《ゆる》してほしい、とビスキュイ公爵はテリルに頭を下げた。

そんな公爵に慌てて手を伸ばしたテリルが顔を上げさせる。

「公爵閣下、そんな……頭を上げてください。私は知っていました。知っていて、何もしなかったのです。決して閣下のせいではありません」

顔を上げた公爵が見たのは、どこまでもまっすぐな瞳だった。

不思議なその虹彩は不気味だと揶揄され、悪い噂話に拍車をかけていたのだが。彼女の夫となったイラリオンが〝夜明け色〟と称する通り、よく見ればとても魅力的な瞳だ。

不気味などころか、光を受けてキラキラと二つの色が入り混じるその美しさは、確かに夜明けの空を見ているような清々しさと神秘を感じさせた。

「知っていたと？　君は……彼等に対して怒りや恨みはないのか？　ずっと虐げられてきたのだろう？」

公爵の問いにテリルは首を横に振った。

「私にとって、あの人達に割く時間も感情も、もったいないものだったのです。一時は……あの人達のために時間と感情を無駄にしてしまったことがありました。でも、私にはもっと大切なものがあるのです。私の命も心も、全てを捧げたいと思うものが」

そこでテリルはちらりとイラリオンを見る。

その視線を受けたイラリオンの胸がドキリと高鳴った。

「だから、あの人達を気にすることも、関心を引くことも、あらゆる感情を持つこともやめました。当然、怒ることや恨むこともです。その結果、私はあの家で幽霊のように扱われていましたが、他にやりたいことのあった私にはむしろ好都合でした」

そう言い切ったテリルは、自分の育った環境を少しも卑下してはいない。

「おじい様には申し訳ないですが、私にとって伯爵家の地位も財産も心底どうでもいいものなのです」

これだけの仕打ちを受けてきたにもかかわらず、これまでの境遇をどうでもいいと一刀両断するテリルは、少しも揺れることのないその瞳を公爵に向けた。

この強い女性のどこが、か弱い娘なのか。

自分の見る目のなさに呆れながらも、ビスキュイ公爵は大きく息を吐く。

「そうか……。では、無理にとは言わない。しかし、もし君が手にすべきだった全てを取り戻したいと思うのであれば、私はいくらでも協力する」

「ありがとうございます。閣下のようなお方が味方になってくださるのなら、とても心強いです。その時はどうぞ、お力添えをお願いいたします」

やっと微笑んだテリルを見て安堵した公爵は、大きく頷いて見せる。

そして、その横に座るイラリオンへと話しかけた。

「イラリオン卿。此度の件、君がいなければ私は真実を知ることもできずタラスに顔向けできぬまま老いて死ぬところだった。君がテリル嬢を見初めてくれたこと、改めて礼を言う」

「閣下、どうぞお気遣いは無用です。私達は親戚ではないですか」

ふっと表情を和らげたイラリオンがそう言えば、一瞬だけ固まった公爵もまた、張り詰めていた空気を緩めた。

「そうだな。君の曽祖母アリナ・スヴァロフは、私の大叔母に当たる人だ。君のその青い瞳は確かにビスキュイ家の血筋を引いている証拠。それに……」

一度言葉を切った公爵は、誇らしそうにイラリオンへと笑みを向けた。

「正直、私は君を誤解していたのかもしれない。君の活躍ぶりがすさまじいあまりにスヴァロフ家が大きな権力を持つことを懸念していたが、国王陛下のあの話を潔く断った姿を見て目が醒めた。君は権力に溺れるような男ではない。愛する者を護《まも》ることのできる、その名にふさわしい英雄だ」

「閣下にそう言っていただけるとは、とても光栄です」

長くキュイエール王国の筆頭公爵家当主として貴族達の頂点に君臨してきたビスキュイ公爵は、とても気持ちの良い思いで二人を見た。

「イラリオン卿、テリル嬢。ビスキュイ家は今後もスヴァロフ家と良好な関係を築きたいと思っている。二人の結婚を、心より祝福させてほしい」

「テリル。本当に自分の地位を取り戻す気はないのですか？　あなたがクルジェット伯爵を相手にするのであれば、私も全力であなたを支えます」

公爵が帰ったあと、二人きりになったタイミングでイラリオンは改めてそう問いかけた。

真剣な顔をしたイラリオンに対して、テリルは窺うような視線を夫に向ける。

「そうすれば、あなたのお役に立てますか？」

一度言葉を止めたイラリオンは、そっとその手に手を重ねた。

「先日お話ししたことをお忘れですか？　私はあなたに、もっと自分を大切にしてほしいのです。私のためではなく、どうかあなた自身のことを考えてください」

「私は……自分を優先したせいであなたに迷惑がかかるのは、絶対に嫌なのです」

何かを堪えるようなテリルの瞳に、イラリオンは少しだけ心が痛んだ。

テリルの秘密に気づきつつあるイラリオンには、彼女がかたくなな態度を見せるたび、その原因が自分ではない自分にある気がしてならないのだ。

もしイラリオンの推理通り、テリルが本当に未来を知っているのなら。

イラリオンがいつか他の女性を愛すると思い込んでいることも、自分の存在がイラリオンの邪魔になるのではといつも気にしていることも。

全てはテリルの知る、未来の自分に関係があるのではないか。

こんなにも強く思い詰めるほどの何かを、彼女の中のイラリオンはしでかしてしまったのではないか。

自分ではない自分に苛立ちを覚えてもう片方の拳を握り締めたイラリオンを前に、テリルはふと柔らかく声を上げた。

「ですけれど。優しいあなたが血が出そうなほど拳を握り締めて私のことを気にかけてくださるのを見ていると、私はもっと自分を大切にすべきなのではと思えるようになりました」

テリルの細い手が、イラリオンの握り締められた拳を優しく解《ほど》いていく。

「あなたがおっしゃる通り、私は自分自身と向き合って、あの人達と決着をつけるべきなのかもしれません」

ハッとしたイラリオンが顔を上げれば、テリルは瞳をまっすぐに仮初めの夫へと向けていた。

「イラリオン」

「はい」

「もし……あなたにとって、ご迷惑にならなければ。私の心の準備ができた時に、私を助けていただけませんか」

「もちろんです」

その瞬間。イラリオンの胸の中に、とても熱いものが広がった。

かたくなだった彼女の心が、ほんのわずかではあるものの動いた気がしたのだ。

嬉しい、愛おしい、と心が叫んでいる。

抑えきれない美しい微笑みを、イラリオンは妻へと向けた。

「頼ってもらえるというのは、こんなにも嬉しいのですね。どうか覚えていてください。私もまた、あなたの役に立ちたいと願ってやまないのだということを」

第九章　噂と業と涙

「それはそうと、テリル。この際ですから、もう一つ確認しておきたいことがあります」

　相変わらず暖かな日差しが降り注ぐ中庭。先ほどのビスキュイ公爵の話やクルジェット家について考え込んでいたイラリオンは、改めてテリルに声をかけた。

「はい、なんでしょうか？」

　いつの間にか寄ってきていた動物達に囲まれてお茶を飲んでいたテリルは、話を振られて素直に夫を見上げた。

「あなたは自身の出自についてどこまでご存じですか？」

「出自、ですか？　父がクルジェット家の直系であることはもちろん知っていました」

「では、あなたの母方の一族については？」

「…………」

　黙り込んだテリルはイラリオンを窺い見る。

「……知っています。先ほども公爵様がおっしゃっていた通り、片田舎の平民でした」

「そうですね。しかし、平民ではあっても特別な血筋であったはずです」

　断言したイラリオンに、テリルは苦笑を漏らす。

「なんだ。気づいていたんですね。何もおっしゃらないので、そのことはまだお気づきではないのかと思ってました」

イラリオンが知っていたことを特に驚くわけでもなく、テリルは首元から何かを取り出す。

「これは、私が母から譲り受けた唯一のものです」

テリルが首から下げた巾着の中に隠していたのは、指輪だった。

「……強力な保護魔法がかけられていますね。それと、不思議な気配を感じます」

指輪を見てイラリオンがそう言うと、テリルは大きく頷いた。

「これだけはクルジェット家の人達でも私から奪うことはできませんでした。おっしゃる通り、強力な保護魔法がかけられていて、母の一族の血を引く者しか触れられないのです」

「あなたのお母様の一族。それはつまり……」

「この指輪の最初の持ち主は、大魔法使いオレグ・ジャンジャンブルの妻だったそうです」

推察通りのテリルの話に、イラリオンは納得しながら改めて指輪を見下ろした。

「私は魔塔にも出入りしている身ですから、オレグ・ジャンジャンブルが残した結界魔法を見たことがあります。その魔力と同じ魔力をこの指輪から感じます。そして、もう一つ混じっている不思議な気配は……人間の魔力ではありませんね」

「スヴァロフ家のあなたは当然知っていますよね。そうです。この指輪の最初の持ち主であるオレグの妻は、精霊でした」

頷いたイラリオンは、ビスキュイ公爵が帰って妻と二人になると周囲に寄ってきた動物達を見回した。

「精霊は自然との親和性が非常に高い。あなたの持つ動物と意思疎通できる能力は、精霊の血を引くが故の能力なのでしょう」

「そうだと思います。この能力は物心つく前から使えていたようですから。他にも私はオレグの魔力を受け継いでいるようなのですが、魔法の扱いが下手で。魔力はあってもあんまり活用できていません」

「魔力を？　ですが、普段のあなたからはあまり魔力を感じませんね」

改めて向かい合ってみても、テリルからはそれほどの魔力は感じられない。

イラリオンが不思議そうに首を傾げると、テリルは指輪をテーブルの上に置いた。

「それは、この指輪の保護魔法が効いているからです。これを持っていれば、私の魔力は隠されるようです」

「……っ！」

テリルの手から指輪が離れた瞬間、隠れていた彼女の魔力を感じたイラリオンは、その強大さに思わず息を呑んだ。

「なるほど、確かに。すさまじい魔力です」

魔塔の中でもこれほどの魔力を有する者はいない。

その魔力こそ、彼女が大魔法使いの血を引いている何よりの証拠と言っても過言ではないほどだ。

「クルジェット伯爵は、このことをご存じでしたか？」

眉間に皺を寄せてイラリオンが問えば、テリルは首を横に振った。

「いいえ。知っていたらきっと、私をもっと利用しようとしたに違いありません。私から教える義理もありませんし、あの人達は母の家系のことを卑しい平民としか思ってませんでした」

その話を聞いて少しだけホッとしたイラリオンは、胸を撫で下ろしつつも真剣な目を妻に向けた。

「良いご判断だったと思います。あなたが魔法の使い方に長《た》けていたら、あなたの秘密に気づく者が出てきたかもしれません。今後のためにもその魔力は隠しておいてください」

分かりました、と素直に指輪を持ち上げて巾着の中に隠したテリルからは、魔力の痕跡が一瞬にして消えた。

彼女の血筋と能力が明らかになり、改めて今後のことを相談しようとしていたイラリオンは、ふと見た向かいに座るテリルの様子がおかしいことに気づいた。

しかし、イラリオンが声をかけるよりも前に、テリルが先に口を開く。

「それにしても、少しだけ安心しました。あなたがどうして私なんかを気にかけてくださるのか、やっと分かった気がします」

スッキリとした笑顔を見せるテリルの言葉に、彼女に手を伸ばそうとしていたイラリオンは嫌な予感がして動きを止めた。

「それは……どういう意味でしょうか」

「あなたは私の体に流れる血の正体を知っていたから、私を結婚相手に望まれたのですよね」

「な……っ！　それは違います！」

テリルのとんでもない勘違いに、イラリオンは悲鳴のような声を上げてその恐ろしい考えを否定した。

それでもテリルは何も聞こえていないかのように話を続ける。

「そうと知っていれば最初からお話ししていましたのに。オレグと精霊の血を引いていることは、良いことばかりではありません。母の一族が隠れて暮らしていたのは、この血を利用しようとする者達が多いからです。私の出自があなたにとってご迷惑になるのではと、黙っていてごめんなさい」

勝手に解釈して話を進めるテリルは、イラリオンのこれまでの努力などたやすく押し潰していく。

絶句するイラリオンを尻目に、テリルは次から次へと喋り続けた。

「確かに、この血は珍しいですものね。精霊の力と大魔法使いの魔力。私はどちらも受け継いでいますから、ある意味ではとても貴重な人間なのでしょう。ホッとしました。実はずっと、仮初めだとしてもあなたの求婚相手がどうして私なのかと思っていました。あなたにはちゃんと目的があったのですね」

しかしイラリオンは、鋭いナイフで切り裂かれるかのような自分の胸の痛みよりも前に、あることが気にかかった。

いつもより饒舌《じょうぜつ》なテリルの瞳に宿っているのは、安堵などではなく諦めと深い悲しみだったのだ。

「テリル、お願いですから私の話を聞いてください。絶対に、私はあなたがオレグ・ジャンジャンブルの子孫であるから求婚したわけではありません」

自分の痛みよりも彼女の痛みに気づいて冷静になったイラリオンが、静かに諭すような声でそう宣言するも、テリルは首を横に振る。

「隠さなくて大丈夫です。だって他に、あなたが私を選ぶ理由がありませんもの。過去に少しだけすれ違った際の、私の小さな善意のためかと思っていましたけれど、この血を利用するためだと考えるほうがずっと自然です」

「テリル」

「私はどうすればよろしいでしょうか。どうか好きなだけ、私を使ってください。例えば、いくらでもこのことを公表していただいて結構です。そうすればあなたの名声がより高まりますか？　それとももしかして、私との子どもをお望みですか？　それなら私、あなたがその気になれるようにもっと……」

「テリル！」

立ち上がったイラリオンは、今にも泣き出しそうなテリルの肩を掴んで言葉を止めさせた。

「お願いですから、そんなことを言わないでください」

「イラリオン……？」

やっと目を合わせたテリルに、イラリオンもまた、悲しみに満ちた声を出す。

「さすがに傷つきます。あなたの中の私は、そんなに薄情で非道な人間なのですか」

ようやく自分の言葉がイラリオンを傷つけたのだと悟ったテリルは、慌ててそれを否定した。

「……あ。そ、そんなことはありませんっ！　私は、私は、ただ……」

イラリオンを傷つける気はないのだと弁明しようとしながらも、テリルはそれ以上言葉が出てこないようだった。

そんな彼女の様子を痛ましく思いながら、イラリオンは冷静に口を開く。

「私がこのことを確認しようとしたのは、今後あなたが狙われる可能性があるからです。王室はずっと、オレグ・ジャンジャンブルの子孫を捜していました。ヴィクトル王太子殿下は理解してくれるでしょうが、国王陛下はなかなか諦めの悪いお方なので、あなたのことを知れば王室に迎え入れようと躍起になるはずです」

「そうなのですか……？」

驚いたように少しだけ目を見開いたテリルは、手を口元に当てた。

「当時のエフレム王は、親友であったオレグ・ジャンジャンブルとその家族を守るために、平民となった後の彼等の記録を抹消したようですが、それを今の王室は執拗に捜しています」

「知りませんでした。王室が私を探していたなんて」

困惑するテリルに対し、イラリオンは力強い瞳を向ける。

「もし万が一、秘密が世間に知られてあなたの身が危険に晒されたとしても、私があなたを守ります」

青い瞳に見つめられたテリルは、押さえていた口の下で確かに『ラーラ』と呟いた。

その呟きにほんの少しだけ、本当に少しだけムッとしたイラリオンは、姿勢を正して席に座り直した。

「そのことをお伝えしたかったのです。どうか、私があなたの血筋を利用しようとしたなどと、そんな悲しい誤解はしないでください」

「ごめんなさい。私……ずっと自信がなくて」

謝ってくれたテリルは、本当に申し訳なさそうにうつむいている。

そのふわふわの髪、間から見える小さなつむじ。

イラリオンの腕の中にすっぽりと収まってしまうほど小柄な体に、今は少しだけ潤んでいる夜明け色の瞳。

「……テリル。私はあなたに、あなたのままでいてほしいのです」

慕わしいと思うテリルの一つ一つを見つめながら、イラリオンは言葉に心を込めた。

「あなたにはなかなか信じてもらえないのでしょうが、私は本当に、あなたと生涯を共にしたいと心から願って求婚したのです」

「っ！」

「あなたの血筋のことも知ってはいましたが、それが理由で求婚したわけではありません。結果的に契約という形にはなりましたが、契約ではない結婚を望んでいたと言ったのは嘘ではありません」

本当に困ったように戸惑うテリルへと、イラリオンは丁寧に慎重に言葉を紡いで言い聞かせた。

「あなたの持つ能力も魔力も、今後手に入るかもしれない財産や名誉さえも。テリルという人間を構成する要素の一つでしかないのです。もしあなたがそれらを持っていなくても、私は変わらずあの日あなたに求婚しました」

「どうして……」

こぼれ落ちたその言葉は、彼女の本心からの疑問だったのだろう。

目を細めたイラリオンは、儚《はかな》くも美しい笑顔を愛する仮初めの妻に向けた。

「本当に分かりませんか？」

口を少しだけ開いて、すぐに閉じたテリルは首を横に振る。

「……そんなはず、ないもの……」

小さな小さな声で呟いた彼女の耳先は、少しだけ赤かった。

それを見たイラリオンは、今はまだ意識してくれただけでも進歩かとそれ以上追求するのはやめておいた。

テリルにはどこまでも甘くなってしまう自分に苦笑しながら、とりあえずひどい誤解だけは解けたことに安堵したのだった。

◇

イラリオンの結婚相手がクルジェット伯爵家の長女、テリル・クルジェットであることが公表されると、王国中が騒然とした。

「テリル・クルジェットですって？　妹のソフィア嬢ではなく？」

「社交界デビューすらしていない変わり者でしょう？」

「気が触れているって噂の……」

「病弱で出歩けないと聞いたぞ」

「ボサボサの髪で不気味な目をしてるって」

「アカデミーにも通っていなかったわ」

「あのイラリオン卿がそんな女を選ぶはずないじゃない。何かの間違いよ」

「それともまさか、あの変わり者令嬢に関する噂は嘘だったの？」

噂好きの貴族達が好き勝手に盛り上がる中で、国宝級令息イラリオン・スヴァロフは相変わらず王室騎士団長としての務めを全うする傍ら、父である宰相を補佐して魔塔の研究に参加しながら、その美貌と勇姿を人々の目に焼きつけていた。

「イラリオン卿といえば、スヴァロフ領を襲った嵐の件でも素晴らしい働きぶりだったとか」

「被害からいち早く領民の保護と復興を指揮して見事に成し遂げたそうね」

「さらには同様の被害を受けた近隣の領地にも惜しみなく食糧を分け与えたらしい」

「彼のお陰でまた多くの命が救われたわ」

この美談を聞いた国民はますますイラリオンを崇《あが》め、その人気は高まっていくばかりだったが、同時にこの一件で彼の妻であるテリルの評判も一新された。

「被害を見越して食糧を調達したのはイラリオン卿の奥様だったって？」

「でも彼女は、噂では無能だと……」

「クルジェット家が支援したのではないか？」

「あのケチな伯爵がそんなことをするはずないだろう」

「じゃあやっぱり、テリル・クルジェットがスヴァロフ領と近隣の領地を救ったの？」

「彼女が変わり者だという噂はいったい、なんだったんだ」

「そもそも彼女に関する悪い噂の出どころは？」

「私はソフィア嬢がいつもテリル嬢の悪口を話しているのを聞いておりましたわ」

「私は伯爵夫人から……」

「伯爵本人がテリル嬢のことを嘆いていた」

「テリル嬢に実際に会ったことがある人はいるの？」

「クルジェット家に行っても彼女はいつも顔を見せなかった」

「彼女がアカデミーに通っていなかったのは、本当に彼女の実力が足りなかったからなのか？」

「……もしかしたらクルジェット家唯一の直系であるテリル嬢は、クルジェット伯爵家で虐げられていたのでは？」

「どういうことかな、伯爵」

王都中の視線が集まりどうにも騒がしいクルジェット伯爵家には、キュイエール王国の筆頭公爵家当主であるビスキュイ公爵が、それなりに苛立った空気を醸し出しながら訪問していた。

「こ、公爵閣下、いったいなんのことやら……」

「テリル嬢の件だ」

シラを切ろうとする伯爵の態度が目についたのか、ビスキュイ公爵は鋭い声を上げた。

ビクッと体を硬直させた伯爵に、公爵は持っていた杖を握り締めて怒りをあらわにする。

「君の話では彼女は生まれつき体が弱く、事故のショックで精神的に不安定で、成長してからもまともに言葉も話せないと言っていたな。他人に会うことすらままならない状態で伯爵家の財産と爵位を継がせるのは可哀想だと、涙ながらに私に訴えたあの言葉は嘘だったのか！」

「それは……」

公爵の気迫に狼狽えた夫を庇うように、伯爵夫人が前に出る。

「い、いえ！　嘘ではありませんわ。本当にあの娘は少々頭のおかしい娘でして、イラリオン卿の趣味が変わっているだけで……」

この期に及んで言い訳を並べ立てる夫人に、ビスキュイ公爵は青い瞳で睨みを利かせた。

「そのイラリオン卿の取り次ぎで、私は彼女に直接会ってきたのだ」

「……っ！」

「あの子のどこが言葉もまともに話せない病弱な娘だと？」

刺すような鋭い気迫を見せる公爵に、伯爵夫妻は顔を青くして震え上がった。

「先代クルジェット伯爵は、クルジェット家の行く末を案じていた。だからこそ私は君を信頼し、タラスの遺言のことを黙っていた。これでは死んでも友に合わせる顔がない。私は徹底的にテリル嬢のために戦うぞ」

「ビ、ビスキュイ公爵、これにはわけが……」

「黙れ！　私を欺《あざむ》き、タラスの思いを踏み躙《にじ》ったこと、絶対に後悔させてやる。覚悟するのだな」

床に杖を打ちつけて立ち上がった公爵は、脅すようにクルジェット伯爵を見下ろしていた。


「だから言ったのよ！　あの娘をイラリオン卿に嫁がせたのが間違いだったんだわ！」

公爵が去ると、伯爵夫人はヒステリックに叫んだ。

「うるさい！　あのイラリオン・スヴァロフとの縁談をドブに捨てるわけにはいかないだろうがっ！　それにしてもあの老いぼれ公爵め、もっと早く死ぬか引退するだろうと思っていたのに、こんなに長生きするなんて！」

「あなた、どうする気？　ビスキュイ公爵が相手では勝ち目はないわよ」

「心配するな。遺言状はすでに灰になっている。いくら公爵といえども、今さら何ができる？あの小娘にくれてやるものなど何一つありはしない。この家は私のものだ」

ワナワナと震えながらそう宣言すると、そこに不機嫌そうな声がかかった。

「さっきから何を騒いでいるの？」

「ソフィア！　帰っていたのね」

「ふん。あの娘、平民の血を引く孤児のくせに図に乗りおってからに……」

「ハッ！　またあの女の話？　ウンザリだわ！　テリル、テリル、テリル！　ちょっと外に出たら、どいつもこいつも私に聞くのよ。あなたのお姉様はあのイラリオン卿が恋に落ちるほど美人で聡明で優秀なのに、どうして今まで隠していたの？って。誰が美人ですって？　笑わせないで！」

両親でさえ狼狽えるほどの剣幕で、ソフィアは義理の姉に怒りを爆発させた。

「許さないわ。私にこんな惨めな思いをさせるなんて。あの女だけは、絶対に許さない！」

◇

「カァ？」

騒がしいクルジェット伯爵家とは違い、穏やかな光を浴びながら日向ぼっこをしていたテリルは、隣に来たカラスのクロウに何かを問われた。

「……違うわ。喧嘩したわけじゃないの」

「カァ、カァ？」

「ううん。怒ってるわけでもないのよ。ただ、ちょっと分からなくなっただけで……」

クロウが心配しているのは、テリルとイラリオンの仲についてだ。

テリルのこともイラリオンのことも大好きなクロウは、この頃どこかぎこちない二人の雰囲気に疑問を抱いていたのだ。

つぶらな瞳をパチパチと瞬かせ、首をキョトンと傾げる愛らしい友にテリルは苦笑を漏らした。

「私がね、いけないの。変に意識しちゃって。だって彼ったら、思わせぶりだと思わない？」

「カー」

クロウの言葉にテリルは動きを止めた。

「違うわよ。そんなわけないでしょう。だって私は……」

「カァ、カァ、カー！」

羽をバサバサと動かして、クロウは必死に何かを訴える。

その話を聞いていたテリルの耳は真っ赤になった。

「な、何を言ってるのよ！」

立ち上がったテリルは、ふわふわの髪を靡かせながら屋敷の庭を行ったり来たりした。

「そんなはずないわ。彼が私を本当に愛しているですって？　勘違いよ。自意識過剰もいいところだわ……。だって私は、いつも彼の足をひっぱって、邪魔をして、迷惑をかけて。……私と出会ったのが彼の……」

テリルの脳裏に、不意に嫌味な声が響く。

『お姉様と出会ったのが、彼の運の尽きね。お姉様みたいな女と出会っていなければ、イラリオン卿の人生はもっと輝いていたでしょうに』

「……っ！」

それは、テリルの脳に刻まれた遠い過去の記憶だ。

『いい加減気づいたら？　彼がお姉様のそばにいるのは同情なのよ。お姉様が可哀想な子だから、優しい彼はお姉様を放っておけないんだわ』

「やめて、ソフィア。あなたに彼の何が分かるの？」

頭の中に響く義理の妹の声に、テリルは必死に抵抗した。

『分かってないのはお姉様でしょう？　何が〝親友〟よ。何十年も彼を独り占めしておいて、婚約者でも恋人でもなく親友だなんて。自分が女として見られていないって、どうして気づかないの？』

「やめて！」

『馬鹿なお姉様にばかり時間を費やして、イラリオン卿は社交活動だって満足にできないじゃない。この前なんか王太子殿下のお誘いを断ってお怒りを買ってたわ。このままじゃ彼、他の令息達からも爪弾《つまはじ》きにされるわよ。未来の国王に嫌われたら出世も絶望的ね。彼の人生台無しだわ、全部お姉様のせいで』

「いや……お願い、やめて……！」

『ね？　自分の惨めさがよく分かったでしょう？　だからもう彼を解放してあげて。彼にふさわしいのはお姉様みたいな出来損ないじゃないの。彼にはもう、心に決めた人がいるのよ』

意地の悪い顔でテリルを罵《ののし》るソフィアの顔が、ぐるぐると回って伯爵の顔になる。

『今さら何を言っているんだ、この役立たず！　お前をイラリオン卿に嫁がせるために、これまでどれだけ多くの金を注ぎ込んだと思ってるんだ！』

今叩かれたわけではないのに、テリルは頬に鋭い痛みを感じた。

『こんな歳まで独り身でいたくせに、イラリオン卿と結婚する気はないだと？　ふざけるな！　なんとしても彼にはお前を誑《たぶら》かした責任を取ってもらう！』

現実と過去と未来が入り乱れるテリルの脳内に、意地汚い養父の笑顔と怒号が浮かぶ。

『スヴァロフ家との繋がりがもたらす利益は計り知れん。お前が橋渡しをすれば、我がクルジェット家はより繁栄するのだ。それが分からんのか！』

「彼を利用するのはやめてください！」

『いいから早く、誘惑でもなんでもしてイラリオン卿を射止めてこい！』

「絶対にイヤです！　私は……私は、イラリオン・スヴァロフとだけは何があっても結婚しません！　彼とだけは、絶対に！」


「カア！」

「テリル!?」

心配するクロウの甲高い声と、すかさず駆けつけてくれる愛する人の顔を見たテリルは、瞳から一筋の涙を流していた。

「ごめんなさい、ラーラ」

気を失ったテリルを受け止めたイラリオンは、ギリリと音がするほど強く歯を食いしばった。

第十章　こいねがう

『ねぇ、ラーラ。あなたは……そろそろ結婚を考えたりしないの？』

まただ、とイラリオンは思った。

イラリオンはまた、自分ではない自分、〝ラーラ〟としてテリルと会話する夢を見ている。

『僕は結婚する気はないよ』

テリルの問いに素っ気なく答えたラーラは、彼女のほうを少しも見ていなかった。

『……どうして？』

だから気づいていないのだろう。

『好きな人がいるんだ』

『え？』

手を伸ばせば届くほど近く、すぐ隣にいるのに。

ラーラは、テリルの泣きそうな顔に気づいていない。

『……けど、その人と結ばれることは絶対にないから。だから僕が結婚することはないよ。永遠にね』

そのまま立ち去った夢の中の自分は、結局最後まで、テリルの顔を見ることはなかった。

「イラリオン？」

ハッと目を覚ましたイラリオンは握ったままの小さな手をたどり、声のしたほうへ目を向けた。

「テリル……気がつきましたか！」

「私、どうしてここに？」

ベッドに横たわるテリルが目を覚ますのを手を握って待っている間に、イラリオンは椅子に座ってうつらうつらしていたらしい。

「あなたは庭で倒れたんです。体調はいかがですか」

薄らいでいく夢の記憶よりも、目の前のテリルに意識を向けて慎重に問いかけた。

「大丈夫です。すみません、ご迷惑をおかけして……」

「謝らないでください。迷惑なはずがありません。心配はしましたが……。クロウと楽しそうに話していたかと思えば急に頭を抱えて苦しみ出したあなたを見て、心臓が止まるかと思いました」

ゆっくりと起き上がったテリルを支えて水を差し出したイラリオンが真面目にそう言えば、テリルは白かった頬をほんのり赤らめた。

「み、見てたんですか……！」

「窓から外を見たら、可愛い妻が可愛いお友達と戯れていたので、つい見入ってしまいました」

テリルの顔に血色が戻ったことにホッとしながら、イラリオンはあえて砕けた空気で笑いを誘うようにそう言った。

「可愛いっ……⁉　もう、イラリオン。からかわないでください！」

案の定慌てたテリルが可愛くて、イラリオンの頬が自然と緩む。

少しずつでもテリルが自分を意識してくれるのが嬉しい。

二人のすぐそばにあるサイドテーブルの花瓶には、白いラナンキュラスの花。

「医者の話では特に問題ないとのことでしたが、念のためしばらくは家事を休んでください」

「でも……私は本当に大丈夫です」

もじもじと不服そうなテリルに、イラリオンはピシャリと言いのけた。

「ダメです。元気でいることも、あなたの大事な務めの一つですよ」

「……分かりました」

若干頬を膨らませるその仕草が可愛くて知らず口角が上がったイラリオンは、ふとこのところうるさい親友のことを思い出した。

「そうそう。回復してからでいいのですが、ヴィクトル王太子殿下が近いうちにあなたに会いたいそうです。私達のことも公表されたことですし、親友の妻に挨拶したいと。嫌なら断りますが、どうしますか？」

ヴィクトルの名前が出た途端、テリルは眉間に皺を寄せた。

「王太子殿下が？　あまり気は進みませんが……あなたのためなら我慢します」

本気で嫌そうなその様子に思わず失笑してしまう。

「ふっ。我慢しなくてもいいですよ。嫌なら断りましょう。彼は多少わがままを言ったところでなんだかんだ言いつつ受け入れてくれますから」

「本当に大丈夫なのですか？　だって相手は、あの王太子殿下でしょう？　暴れたりしませんか？」

疑わしそうなテリルはいったいヴィクトルのことをなんだと思っているのか。彼女の中のヴィクトルの評価がとことん低いことに内心で苦笑しながらも、イラリオンは親友のために弁明した。

「彼は良くも悪くも情に厚すぎるのですが、味方となればとても心強い男ですよ」

信じられないといった面持ちのテリルは、チラチラと横目でイラリオンを見ながら口を尖らせた。

「でも、面と向かってお会いしても、王太子殿下を満足させるようなお話はできないと思います」

「関係ありません。彼はあなたに感謝したいだけですから」

「王太子殿下が私に？　なぜです？」

「アナスタシア王女殿下の件であなたに世話になったからでしょう」

「……アナスタシア王女殿下の件？」

キョトンとしたテリルの瞳が、本当に不思議そうにイラリオンに向けられる。

「あ、言っていませんでしたか？　私の縁談相手はアナスタシア王女殿下だったのです。国王陛下たっての希望とのことで断るのが困難だったのですが、あなたのお陰で私と王女殿下の縁談は綺麗さっぱりなくなりました」

「……ッ！」

その言葉を聞いたテリルは、絶句すると起き上がった状態からフラフラとよろめいた。

「テリル！　大丈夫ですか？」

慌てて支えたイラリオンの腕を、テリルは強い力で握る。

「あなたの縁談相手はアナスタシア王女殿下だったのですか⁉」

「え？　ええ、そうですが……」

「そんな、私……知らなくて。どうしましょう。あなたと王女殿下との縁談を私は邪魔してしまったのですか？」

テリルの体は震えていた。

「どうしてそんなに驚くのですか？　最初から無理な縁談を白紙に戻したいとお伝えしたではありませんか」

尋常ではないその様子を見て心配するイラリオンに対して、テリルはどんどん青ざめていく。

「それは承知していました。でも、まさか相手が王女殿下だったなんて……。私、なんてことを……」

「テリル？」

テリルの瞳はイラリオンを見てはいなかった。

目が合っているはずなのに、その瞳はイラリオンではない何かを見つめている。

「……だってあなたは、王女殿下を……」

テリルの小さな口からポロリとこぼれ落ちたその声を聞き逃さなかったイラリオンは、瞬時に状況を理解した。

テリルはきっと、イラリオンがアナスタシア王女を愛していると勘違いしているのだ。

もしくは、これから先の未来でイラリオンが王女を愛するようになると信じ切っている。

『好きな人がいるんだ』

先ほど見た夢の中の自分の声が妙に耳にこびりついていて、イラリオンは舌打ちしたくなった。

「言っておきますが、私は王女殿下にそのような感情を抱いたことはただの一度もありません。私にとって王女殿下は妹のような存在ですから。何より、王女殿下には将来を約束した恋人がいます。彼等の手助けをすることはあっても、仲を引き裂くようなことは絶対にしません」

「でも……だってあなたはあの時、確かに……」

混乱しているのか、テリルは現実と過去と未来の区別がついていないようだった。

体中を震わせて瞳孔は開ききり、倒れる直前と同じように目の焦点が合っていない。

「テリル！」

彼女を引き戻そうとしたイラリオンが、呼びかけながら無理矢理目を合わせる。

イラリオンの声が聞こえたのか、目の前のイラリオンを捉えたかのように見えた時だった。

「あなたの邪魔をする気はなかったの。ごめんなさい……ラーラ」

懇願するような彼女の顔を見たその瞬間。

その名を聞いた瞬間。

イラリオンは限界を超えた。

「やめてください」

どうしようもなく腹が立って仕方ない。

テリルにではなく、彼女の中を占める自分ではないもう一人の自分に。

彼女を傷つけ苦しめるばかりか、イラリオンの邪魔ばかりする、その幻影《ラーラ》に。

テリルの愛を独占しているくせに、こんなにも傷つけているその男が死ぬほど憎らしかった。

「あなたにとって私は……、あなたが今見ている私は、誰ですか？」

テリルを引き寄せて、低い声でそうこぼしたイラリオンの瞳には、燃えるような嫉妬が宿っていた。

「イ、イラリオン……？　それはどういう……」

ハッとしたテリルが正気に戻って、いつもと様子の違うイラリオンにその難解な言葉の意味を問う。

「あなたが見ているのは私ではありません。あなたの過去にも未来にも、そこにいるのは私であって私ではない。あなたを差し置いて別の女性を愛するような、そんな男のどこがいいのですか！」

両肩を掴まれたテリルは、驚いて言葉が出てこなかった。

夜明け色の瞳を限界まで見開いて、震える手を口元に当てる。

「それって……」

「あなたが時々口にする〝ラーラ〟という男が、私は大嫌いです」

いつも穏やかなイラリオンが吐き捨てるように言うのを、テリルは言葉を失ったまま見つめるしかなかった。

「こんなにもあなたを傷つけておいて、それでもあなたに愛され続けている。愛する人一人守れないくせに、あなたの中から消えてくれない。不誠実で情けないその男と私を一緒にするのはやめてください」

怯えたようなテリルの顔を見ても、イラリオンの激情は収まらない。

「その男が別の次元のイラリオン・スヴァロフであることもまた腹立たしい。直接対決できる相手ならば、いくらでもその男を倒して私のほうがあなたにふさわしいと証明できるのに」

「……ッ！」

息を呑んだテリルは、驚愕の表情で仮初めの夫を見上げた。

「イラリオン……あなた……」

言いたいことはたくさんあった。

聞きたいことも、確認しなければならないことも。

「だからどうか、お願いです、テリル。私だけを見てください。こんなにもあなたを愛している私を。他の誰でもなく、今あなたの目の前にいる私を愛してください」

しかし、テリルの瞳には目の前のものしか映っていなかった。

「イラリオン、あなた……泣いているのですか？」

震えるテリルの手が、イラリオンの頬に伸ばされる。

濡れた頬に触れた途端、縋るような腕がテリルを抱き寄せた。

肩口にかかる小さな嗚咽《おえつ》。

イラリオン・スヴァロフが泣いている。

自分のせいで。

その事実が何よりも重く、テリルの胸に迫った。


「すみません。こんなふうに詰め寄るつもりはありませんでした。もっと慎重に、あなたの心の準備ができた頃に話し合おうと思っていたのですが……」

幾分か落ち着いたのか、イラリオンがテリルから離れて謝罪を口にすると、その赤くなった目元を見たテリルは悲痛に眉を寄せた。

「ごめんなさい、イラリオン。私……あなたをずっと傷つけていましたよね」

今度はテリルが細腕でイラリオンを掻き抱く。

「あなたはもう、私の知っている彼ではないのに。どうして私、そんな簡単なことに気づかなかったのでしょう。あなたの想いは、ここにいるあなただけのものなのに……」

ぎゅうぅっと、その小さな体で自分を抱き締める愛しい人に、イラリオンは表情を和らげた。

「それはつまり……私の愛を、やっと信じてくださる気になったということですか？」

「そんなふうに言わないでください。あなたの涙を見て目が覚めました。私がこんなにもあなたを追い詰めていたのだと。これでも反省しているのです」

ムッとした時に見せる膨らんだ頬。

テリルの夜明け色の瞳と真っ向から目を合わせたイラリオンは、真面目な顔をした。

「教えてください。あなたはその心にどんな傷を抱えているのですか。どんな絶望を知り、私のために尽くそうとしてくれるのですか」

対してテリルは窺うような目を向けた。

「その前に……あなたはどこまで気づいているのですか？」

すでにいろいろなことを知っているようなイラリオンに、至極当然の疑問をテリルは投げかける。

自分の推理をどこまでテリルに話すべきか思案したあと、イラリオンは核心に触れた。

「あなたは別の次元で生きた未来の記憶を持っている。幼い日に……おそらく、私と出会ったあの日にその記憶を得た。と、考えています」

「……そんなことが本当に可能だと思いますか？」

「はい」

即答したイラリオンは、続けてその根拠を話す。

「私が考案し、魔塔で研究を続けている術式は、時空操作の新術ですから」

それは、イラリオンが魔塔主にと望まれるまでになった論文の研究内容だった。

「ただ、時空を操る……特に時間を過去に戻す術に関しては、理論上はすでに実行可能な域まできています。しかし、現段階では三つの問題からこの術の使用を断念しました」

「その問題とは、なんですか？」

「一つは、倫理的な問題です。わずかな時間を戻し、ほんの少しのズレを生じさせる。それだけでも未来に与える影響は計り知れない。個人のために多くの時間を戻し未来を変えることは、倫理的に非常に危険な行為です」

それを聞いたテリルの体がピクリと動くのを観察しながら、イラリオンは話を続けた。

「二つ目は、根本的な問題として魔力が足りません。時間を動かすのには莫大な魔力が必要です。今の魔塔には、この術式を一人で展開できるほどの術者がいないのです。数人分の魔力を合わせれば可能かもしれませんが、失敗すれば魔力が枯渇する可能性もありますので、試そうとする者はいません」

指輪に隠されていたテリルの魔力を知っているイラリオンは目の前の愛する女性を見ながら、さらに説明を続ける。

「そしてもう一つは、時間を巻き戻して過去に戻ったとしても、それだけでは術式が成功したと証明できないということです」

「どういうことでしょうか？」

顔を上げたテリルが問えば、イラリオンは丁寧に答えた。

「ここで最も重要なのは、記憶です。時間が遡《さかのぼ》り過去に戻ったとしても、時間を遡る以前の記憶がなければ過去に変化は起こり得ない。同じ未来が繰り返されるだけ。誰もそれに気づかぬままなら、とても無意味な魔力の浪費にしかなりません」

「……」

「過去を変える、もしくは過去に戻ったことを認識するには、記憶がなければ始まりません。しかし、記憶とは脳に刻まれるもの。時間が戻れば当然脳に刻まれた記憶もリセットされる。この難題をクリアしなければ、徒《いたずら》に時を戻すのは無意味だと判断しました」

ひと呼吸置いたイラリオンは、真剣な目で自分を見上げるテリルにふと微笑んだ。

「そこで私は、視点を変えてみることにしたのです。発想の転換ですね。未来や過去に影響を及ぼすことだけを目的に考えるのならば、時間を丸ごと巻き戻すのではなく、時空の流れを遡り過去のある時点に記憶だけを送ればいいと。私は今、その研究を進めているのです。どちらにしろ倫理的に禁忌の術であることに変わりはありませんが」

「そういうことだったのですね……。でも、どうして私が未来の記憶を持っていると分かったのですか？」

イラリオンに数々のヒントを与えてきた自分の行動を少しも分かっていないテリルに、イラリオンは内心で苦笑を漏らす。

「あなたの言動を振り返れば自《おの》ずと答えは出ます。あなたはいつも、まるで未来を知っているように動いていましたから」

「そんなに分かりやすかったですか？　私……これでも上手くやっているつもりだったんです」

再び頬を膨らませて拗ねるテリル。

慕わしいと思う彼女の仕草一つ一つを目に焼きつけながら、イラリオンはずっと考えていたことを口にした。

「テリル……未来のあなたの記憶を、幼いあの日のあなたに送ったのは私ですか？」

イラリオンの問いに、テリルは困ったような目を向けた。

「……どうしてそう思うのですか？」

「この国でそんな術を展開できるのは私くらいしかいませんので」

そうだった、とテリルは思った。

今のイラリオンはテリルの忠告をよく聞いてくれたお陰で、とても謙虚な人だと世間には思われているが、テリルが知っている彼の本質は、ほんの少しだけ傲慢な面があるのだ。

「……イラリオン、あなたの推理は半分だけ当たっています」

「と、言うと？」

「その術を仕掛けたのは、確かにあなたです。ですが、あの時あなたは私ではなく自分の記憶を過去に送ろうとしていました。あなた自身が、倫理も道理も全てを捨て去ってまで過去をやり直そうとしていたのです」

それを聞いたイラリオンは、納得したように頷いた。

「なるほど、確かに。その点が疑問でした。私であれば絶対にあなたの記憶を過去に送るようなことはしません。というのも、それはとても危険な行為だからです。一度生きた人間の人生の記憶がまっさらな幼い脳に刻まれる。下手をすればあなたの精神が崩壊しかねない。現にあなたは、私達が出会ったあの日から数日間、高熱にうなされて寝込んでいたようですしね」

「どうしてそれを……！」

彼が知るはずのないことを言い当てられて、驚いたテリルが目を見開く。

「クルジェット家の古い使用人を捜し出して話を聞きました。当時あなたが倒れたのを利用して、クルジェット伯爵はあなたが病弱だという噂を広めたとも。まったく抜け目のない人だ」

イラリオンの声は穏やかだが、少しだけ苛立ちが混じっていた。

「他にもあなたは、突然過去の記憶がよみがえって現実との区別がつかなくなるフラッシュバックに悩まされてきたはずです。あなたをこんなに苦しめるなんて。過去の私はなぜ、自分ではなくあなたの記憶を送るようなミスをしたのですか？」

また見えない自分に怒り始めたイラリオンへと、テリルは申し訳なさそうな表情で白状した。

「私が横から術の主導権を奪ったからです」

テリルの一言に、イラリオンは状況を推理してため息を吐いた。

「なるほど……。私はあなたの魔力を利用してその術を行おうとしたのですね？」

「そうです。だから私はあなたの術に介入しやすかった。あなたが時空の亀裂に手をかけたその瞬間、あなたの代わりに私がその中に飛び込み、記憶を過去の私に届けたのです」

真相を知ったイラリオンは、考え込むように顎に手を当てた。

ったはずです」

「この術式を完成させるには、時空の狭間に意識を投げる必要があります。簡単なことではなかったはずです」

「私はこれでも大魔法使いの血を引いているのです。それに、前の人生であなたからその術の話を聞いていましたから、どんな危険があるのかも承知していました」

そう言い切ったテリルに、イラリオンは呆れたような、歯痒いような目を向ける。

「万が一あなたの意識が時空をさまよい、記憶ごと永遠に閉じ込められたらどうする気だったのですか。記憶を送るには、正確な時間と場所を指定しなければならない。その微調整がどれほど精密でなければならないか、知っていてそんな無謀なことをしたのですか」

「あなたが自分の記憶を送ろうとした時間と場所は、私達が初めて出会ったあの日の湖でした。そこにはあなたと一緒に必ず私もいる。それを知っていたので、怖くはありませんでした。何よりあなたの考えた術を信じていたから」

あまりにもテリルらしい言葉に、イラリオンは片手で頭を抱えた。

「……そもそも、どうして私の代わりになろうとしたのですか？」

「あなたにこれ以上、悲惨な業を背負わせたくなかったのです。今度こそ、あなたを幸せにしてあげたかったから」

口元を引き結んで強い瞳をイラリオンに向けたテリルは、これまでずっと口にしてきたのと同じことを言う。

それはまるで、彼女の記憶の中のイラリオンが不幸であることの裏返しのようだった。

「未来で……いいえ、あなたの知る過去で、私達にいったい何があったのですか？　私が禁忌を犯そうと決意するような何かがあったのですか？」

イラリオンの問いに声を詰まらせたテリルは、震えながらポツリとこぼした。

「……私達は、誰よりも多くの時間を共に過ごした〝親友〟でした」

「親友？」

今のイラリオンが親友と聞いて思い浮かべるのはヴィクトルだが、ヴィクトルとテリルを同じように見ることはできない。

ピクリと眉を動かしたイラリオンの反応にどう思ったのか、テリルの顔が泣きそうに歪む。

「でも、私はいつもあなたの足をひっぱるばかりで、邪魔ばかりして……。最後には、私のせいで全てを失ってしまったのです」

痛みに耐えるかのような顔をしたテリルが瞳を潤ませてイラリオンを見上げる。

「この話を聞いたら、あなたは私に失望するかもしれません」

「たとえあなたがこの世界を滅ぼそうとも、私の想いが冷めることはありません。ですから安心して話してください。私達の過去と未来に何があったのか」

少しも揺らぐことのないイラリオンの青い瞳を見ていたテリルは、ゆっくりと話し始めた。

第十一章　湖の出会い

イラリオン・スヴァロフとテリル・クルジェット。

二人が初めて出会ったのは、十五年前の初夏のことだった。

当時九歳だったイラリオンと八歳だったテリル。

二人の出会いは偶然であり、必然でもあった。

貴族に人気の避暑地、ボンボンにあるスヴァロフ家の別荘近くで出会った二人は意気投合し、とても楽しいひと時を過ごしていた。

夢を語り、将来を語り、互いのちょっとした秘密を教え合った二人は、すっかり互いを気に入っていた。

どこまでも青い瞳に目の前の少女を映し、湖面に反射する光を背に微笑む美少年。

「ねぇ。僕たち、とっても気が合うと思うんだ」

「そうね！」

少年がそう言ってくれたことが嬉しくて、少女はクスクスと笑いながら頷いた。

「その……友達になれると思うんだけど、どうかな？」

「いやだわ、何を言ってるの！　私たち、もう親友でしょ！」

くるくると表情を変えてそう断言する少女に、少年は嬉しさを隠し切れなかった。

「じゃあ、君の名前を教えてくれないか」

「私？　私はテリル・クルジェットよ」

「クルジェット？　あの伯爵家の……」

彼女の名前を聞いて何かを呟いた少年に、今度は少女が問いかける。

「あなたの名前は？」

「僕はイラリオン・スヴァロフ」

「スヴァロフ？　あの〝三銃士〟の？」

「うん。イヴァン・スヴァロフは僕のひいおじいさんだよ」

「私ね、三銃士の話がとっても好きなの。特にアリナ様のことが大好き！」

それを聞いたイラリオンは思わず吹き出した。

「三銃士といえば、エフレム王とイヴァン・スヴァロフとオレグ・ジャンジャンブルの三人だろう？　アリナ・スヴァロフはイヴァンの妻で僕のひいおばあさんだ。ふふ、三銃士の話で真っ先に彼女のことを思い浮かべる人は君ぐらいだろうね」

「あら、どうして？　だって、アリナ様がいなければその三人は仲良くなっていなかったっていうじゃない。それに、三人のそばにはいつもアリナ様がいたって聞いたわ」

頬を膨らませたテリルがそう言うと、クスクスと笑っていたイラリオンは楽しそうに手を差し出した。

「確かに君の言うことも間違ってないな。ねえ。じゃあ、アリナ・スヴァロフに会いに行かない？」

「え……？」


イラリオンがテリルを連れて行った先は、スヴァロフ家の別荘だった。

「すごいわね！」

そこに並んだ絵、イヴァンとアリナ夫妻が描かれた肖像画を前に、テリルは目を輝かせる。

スヴァロフ家の先祖の肖像画が並ぶその場所を自由に見ていたテリルはふと、イヴァンとアリナの絵の数枚先にある、比較的新しい肖像画に目を奪われた。

「ねぇ、この赤ちゃんを抱いているキレイな人は誰？」

テリルの小さな指が差すほうを見たイラリオンは、寂しげに微笑んでから答えた。

「僕の母上だよ」

「あなたのお母様？『愛するラーラと』ってタイトルがついてるわ。ラーラって？」

「僕のことだ。母上は僕のことをそう呼んでたんだ。けど今は、誰もそう呼んでくれないけどね。母上はもうこの世にいないから」

懐かしそうな目を肖像画に向けるイラリオンを見て、テリルはその手を握って宣言した。

「だったら、これからは私が呼んであげるわ、ラーラ！」

それから二人はボンボンにいる間、毎日のように一緒に過ごした。

イラリオンもテリルも、本来あまり人付き合いを好むタイプではなかったが、二人でいるのが何より心地よかった。

「ねえ、テリル。前から気になっていたんだけど、どうして君はいつも裸足なの？　危なくない？」

ある日イラリオンは前々から気になっていたことを問いかけた。

「え？　これはえっと……裸足が好きなのよ」

目を逸らしたテリルはそれだけ言うと、いそいそと本棚に走って行って話題を変えた。

「ねぇラーラ！　ここの本、見てもいい？」

「……うん、もちろんだよ」

テリルの行動に違和感を覚えながらも、幼いイラリオンはそれ以上何も聞かなかった。

それが後の悲劇を生むことになるとは知りもしないで。

話題を変えるために近づいた本棚で、テリルはふと違和感を覚える。

「ラーラ。この本棚、何か変じゃない？」

「え？」

「ここ。この本とこの本は同じシリーズなのに、こっちの本だけ少し前に出ているの。あ、こっちの本もだわ」

「本当だ。……もしかしたら」

テリルの指差す本を見て何かをひらめいたイラリオンは、それらの本を強く押し込んだ。

ガチャリ、と何かが動く音がしたかと思うと、本棚が動いて隠し扉が現れる。

「わあ！　なにこれ⁉」

「隠し部屋だ。こんなところにあるなんて。……行ってみよう！」

二人が降り立った地下室は埃《ほこり》を被っているが、元はきちんと整えられた部屋だったのがよく分かる調度品が置かれていた。

その中の机に一冊だけ置かれた丁寧な装飾の本を手に取ったイラリオンは、表紙を見て目を輝かせた。

「アリナ・スヴァロフの日記だ……！」

「すごい！　本当にあのアリナ様の日記？　ねぇ、私も見ていい？」

「うん、もちろん！　でも今日はもう帰る時間だろう？　明日また、二人で見よう」

「分かったわ。約束よ」

とてとて、と足音を響かせて帰っていくテリルの背中を、イラリオンは笑顔で見送った。数歩だけ歩いては振り返り、何度も手を振るテリルに、見えなくなるまで手を振り返す。

二人とも、明日が来るのが待ち遠しかった。

「遅いな……」

翌日、約束の時間になっても現れないテリルを、いつもの待ち合わせ場所でイラリオンは待っていた。遅刻したことなどないテリルがなかなか来ないことを心配していた時だった。

「カア、カアー！」

イラリオンの耳にカラスの鋭い声が届く。

「クロウ？」

見上げると木の上に見慣れたカラスの姿。

イラリオンが助けた若いカラスは、何かを訴えるように鳴いている。そして背を向けたかと思うと、振り返っては鳴くのを繰り返した。

「カァ、カア！」

「どうしたんだ？」

呼ばれている気がしたイラリオンは、カラスのあとを追う。

「テリル⁉」

そして、森の中で倒れているテリルを見つけて慌てて駆け寄った。

彼女の足は血だらけだった。

「ごめんなさい、ラーラ。時間、遅れちゃって……」

「そんなことはいいから！　何があったんだ？」

「ちょっと……転んだ、だけ……」

「テリル……！」

「お坊ちゃま、ご令嬢の足ですがひどい状態です。今後、今までのように歩けるかは……」

スヴァロフ家の別荘まで運ばれたテリルを診察した医者は、痛ましげな視線を横たわる少女に向けていた。その話を聞いたイラリオンは愕然とする。

「そんな……」

「……うっ！」

「テリル！」

「ラーラ……？」

「大丈夫か？　何があったんだ？」

ベッドの上に横たわったテリルは、イラリオンの顔を見ながら涙を流した。

「実は……お父様に、出歩くのを禁止されていたの」

テリルが明かした話はひどいものだった。

別荘の中にテリルを閉じ込めたかったクルジェット伯爵は、彼女の靴を全て処分したのだという。

靴がなければ出かけないだろうと、テリルを一人別荘に残して自分達は豪遊していたクルジェット伯爵とその家族。

「でも昨日、別荘を抜け出してたのがバレちゃって……」

テリルが裸足で出歩いていることを知った伯爵は、テリルがいつも抜け出していた窓の下に、嫌がらせで砕いたガラスの破片を撒き散らしたらしい。

何も知らず、いつものように抜け出そうとしたテリルは裸足で勢いよくガラスの破片が散らばる地面に着地してしまった。

「迷惑をかけてごめんなさい……」

その足を引きずってまで、イラリオンとの約束のために森を移動しようとしていたテリルの足はボロボロになっていた。

包帯を巻いても血の滲むその足を見下ろしたイラリオンは、奥歯を強く噛み締めた。

「うちの大切な大切な娘が怪我をしたとは、いったいどういうことですかな。この責任をどう取ってくださるおつもりか、小侯爵殿」

テリルを迎えに来たクルジェット伯爵は、威圧感たっぷりに幼いイラリオンを見下ろしていた。まるでイラリオンがテリルを傷つけたかのようなその物言いは、あまりにも一方的なものだった。

しかし、言いたいことをたくさん呑み込んだイラリオンは、テリルの保護者であるクルジェット伯爵に向けて、子どもらしからぬ強い目を向ける。

「傷が治るまで僕が彼女の面倒を見ます」

「ほう……それはそれは。ふむ。スヴァロフ家との繋がり……悪くないな……」

ブツブツと呟いた伯爵はニヤリと笑った。

「いいでしょう。スヴァロフ家のご令息がクルジェット家の大事な娘を看病してくださると言うのなら、この件は水に流しましょう」


それからイラリオンは、王都に戻ってからもクルジェット家に通い詰めてテリルの世話をした。

「ねぇ、ラーラ。何度も言っているけれど、この傷はあなたのせいじゃないわ。いくらなんでも、こんなに毎日来なくていいのよ」

戸惑ったようにテリルがそう言っても、イラリオンは聞き入れなかった。

「そういうわけにはいかないよ。君の足が心配なのもあるけど、あの伯爵が君にこれ以上ひどいことをしないか僕が見張っていないと。君のことは何があっても僕が守るって決めたんだ」

「でも……」

「気にしないで。それよりテリル、今日はいいものを持ってきたんだけど、受け取ってくれる？」

イラリオンが差し出したのは、一輪の花だった。

「わぁ、キレイね！」

「ラナンキュラスっていう花だよ。母上が好きだった花。色によって花言葉が違うんだ」

「面白いわね。ちなみにこのオレンジ色にはどんな意味があるの？」

「オレンジのラナンキュラスの花言葉は『秘密主義』。今日は二人だけの秘密を作ろうと思って、これを持ってきた！」

イラリオンが次に取り出して見せたのは、あの日二人で見つけたアリナ・スヴァロフの日記だった。

「あの時の……！」

テリルの怪我のせいで断念してしまった宝物のお披露目に、テリルの目もキラキラと輝く。

歴史上の人物が残した秘密の日記を、ワクワクしながら読み進めた二人の表情は、次第に驚きに変わっていった。

「これって……！」

そこには驚愕の事実が書かれていた。

「異世界……？　転生……？」

「ねぇ、ラーラ。これってどういう意味？」

「分からない。けど、興味深いな。この世界には時空すら越える力があるのか？　いや、それとも逆に時空の亀裂を利用すれば、もっと別の……」

イラリオンの頭が難解な問題を解き始めた時、日記の先を読んだテリルが急に声を上げた。

「ラーラ、見て！　ここ、オレグ・ジャンジャンブルの花嫁のことが書かれてる！」

「え？　なんだって？　あの精霊の花嫁のことが……!?」

「不思議な目の色、複数の色が入り混じった虹彩を持つ可愛くて特別な子。彼女がいると、いつも動物が寄ってくる……」

「……ねぇ、テリル。君の目って、もしかして……」

「ねぇ、ラーラ。実は私、あなたに隠していたことがあるの……」

そう言ってテリルは、首から下げていた指輪を取り外して、イラリオンに自分の中に眠る魔力を見せた。

「すごい魔力だ！」

「私が人よりずっと多くの魔力をもっていることは、私と亡くなったおじい様だけの秘密だったの。お母様の形見の指輪が魔力を封印してくれるから、お父様にも打ち明けていないわ。どうして私がこんな魔力をもっているかずっと不思議だったけれど、アリナ様の日記で謎が解けた気がする」

「じゃあやっぱり君は……」

「……私は、オレグ・ジャンジャンブルと精霊の子孫だったのね」


とんでもない秘密を共有した二人は、その後もいつも一緒に過ごした。

しかし、どんなにイラリオンが熱心に看病しても、テリルの足が良くなる兆しは一向にない。

一年、二年……と月日が経ってもテリルは立ち上がるのがやっとで、自らの足で歩くことはできなかった。

「王子殿下の話し相手を断ったの……？」

「ああ、うん。別に大したことじゃないだろ」

声変わりを迎えるような思春期になっても、イラリオンはクルジェット家に通い続けていた。

その秀才ぶりが話題になっていたイラリオンは、王室から第一王子ヴィクトルの話し相手にと望まれていたが、イラリオン本人がそれを断った。

「私のせい……？」

「違うよ。僕がただ王子殿下とは合わないと思っただけさ。絶対に君のせいなんかじゃないから、そんなに心配しないで」

「でも……」

「それよりもほら、今日は天気がいいから散歩に行こう」

このことが後にイラリオンとヴィクトルの確執を生むことになるのだが、この時の二人がそれを知るはずはない。

テリルの車椅子を押すイラリオンは、彼女を隔離するかのように閉鎖的なクルジェット家の中庭で、今日もテリルに外の話を聞かせた。

「それで最近は、復興した帝国産のエメラルドが社交界ではやり始めているんだ。商人達がこぞって買い占めてるらしいよ。少し前は帝国産なんて紛《まが》い物ばかりだと思われて見向きもされなかったのに」

「へぇ……！　じゃあ、もう少し前にそれを買ってたら大儲けしたでしょうね」

「君の発想は相変わらずたくましいな」

談笑を楽しんでいたテリルは、ふと咳払いをすると、真面目な顔でイラリオンを見上げた。

「あのね、イラリオン。……今日ね、ビスキュイ公爵が会いに来てくださったの」

「公爵が？　君になんの用で？」

「……おじい様の話を聞かせてくれたわ。おじい様は私を後継者に望んでくれてたって」

「先代の伯爵が……」

「でも、お父様が爵位を継いでくれて良かったと思うの」

「何を言っているんだ。あの人は君のものを奪ったってことだろう？」

「だって、私には継げないもの。この足じゃ……。それに、お父様と対立したくないわ。だから、公爵様にはそのことを黙っていてほしいとお願いしたの」

グッと拳を握り締めたイラリオンは、車椅子の彼女に向き直った。

「僕には理解できないよ。どうして君はいつも、あんな人達を気にするんだ？」

「だって、あの人達は私の家族なのよ。好かれたいと思うのは当然でしょう？」

伯爵一家に気味が悪いと罵られるせいで、ここのところ前髪で目を隠しているテリルは、不安そうな声でそう答えた。

「君のことを気味悪がるような人達が家族だって？　ねぇ、テリル。僕は君が心配なんだ。君が僕を心配してくれるのと同じように」

テリルの手を握ったイラリオンの目が、歯痒そうにテリルに向けられる。

「でも、ラーラ。私、もう少しだけあの人達に歩み寄ってみたいの」

「……君がそう言うなら、もちろん僕は君を応援するよ」

伯爵家の人間達がテリルのことをどんなふうに言っているのか。

家族が嫌がるからと、大好きな動物達からも距離を取るテリル。そのつらさを間近で見てきたイラリオンは、それでもテリルの気持ちを尊重した。

「ありがとう。心配させてばかりで本当にごめんなさい」

「いいんだ。でも、何かあったら必ず僕を頼って。それと、これだけは覚えておいて。君の瞳やその能力は、絶対に恥ずべきものなんかじゃないし、君はどこもおかしくなんかない。むしろ、もっと尊重されるべき人なんだ。だって君は、他でもない僕の……親友なんだから」


それからイラリオンはアカデミーに入学し、ますます秀才ぶりを発揮した。

その優秀さは周囲の大人達の目を引き、彼の論文が魔塔に絶賛されるとイラリオン・スヴァロフの名は瞬く間に社交界に広まっていった。

彼と繋がりを持ちたい貴族達から様々な呼び声がかかる中で、イラリオンは変わらずテリルの元に通っていた。

むしろ、テリル以外の者と親密になろうとはしなかった。

「ねぇ、ラーラ。また王太子殿下のお誘いを断ったの？」

「いいんだよ。僕は付き合う人間くらい自分で選べるから」

剣を振りながら、イラリオンはなんでもないことのようにそう答える。

「でも……私ばかりと一緒にいないで、たまには他の人と交流を持ってみたほうがいいんじゃない？」

「……誰かに何か言われたのか？」

「…………」

あれから数年が経っても、テリルの足は治らなかった。

テリルの住居はクルジェット伯爵家の離れに移され、めったに伯爵一家と顔を合わせることはなくなっていた。

歩くことを諦めて限られた空間の中で生活するテリルにとって、イラリオンだけが唯一の外の世界との繋がりだ。

しかし、イラリオンはそうではない。

『馬鹿なお姉様にばかり時間を費やして、イラリオン卿は社交活動だって満足にできないじゃない。この前なんか王太子殿下のお誘いを断ってお怒りを買ってたわ。このままじゃ彼、他の令息達からも爪弾きにされるわよ。未来の国王に嫌われたら出世も絶望的ね。彼の人生台無しだわ、全部お姉様のせいで』

彼が多くの人に望まれていることを、嫌味交じりのソフィアに聞かされていたテリルは、自分の存在がイラリオンにとってマイナスなのではと思い始めていた。

彼と過ごす時間が、子どもの頃のように楽しめない。

テリルにとって宝石のようにキラキラと輝いていたその時間が、うしろめたく歪《いびつ》なものに変わっていく。

「……僕は君といるのが楽なんだ。最近は家にいても父から勉強だけしろとばかり言われるし。好きなように剣の練習ができるのも、魔術の研究ができるのも、君といるこの時間だけなんだよ」

「ラーラ……」

「あの論文だって、君のアドバイスで魔塔に直接送ったからこそ評価してもらえたんだ」

つらつらと言い訳を並べ立てて、イラリオンはテリルの前に跪いた。

「君はいつだって僕を応援してくれるだろう？　他の人は話したところで僕の夢を笑うだけだ。そんな奴等と一緒にいる時間があったら、気の合う君とこうして好きなことをしてるほうがどれだけ楽しいか。頼むから僕の憩いの時間を奪わないでくれよ」

「……うん」

他でもないイラリオン本人からそう言われてしまえば、テリルには頷く以外の選択肢がなかった。

その後、無事にアカデミーを卒業したイラリオンは、幼い日にテリルと立てた計画の通り、周囲の期待を無視して王室騎士団への所属を願い出た。

宰相であるイラリオンの父をはじめとして、文官一族スヴァロフ家後継のイラリオンが騎士になることに懐疑的な目が集まる中、テリルだけはいつもイラリオンを応援した。

「私達のご先祖様の三銃士の時代に、血縁じゃなく実力を重視する制度ができたはずでしょう？　なのにどうして未だに血や家門にこだわる古臭い人達がいるのかしら」

珍しく怒ったテリルを見て、心が荒《すさ》んでいたイラリオンは久しぶりに笑顔を見せた。

「君の言う通りだな。こうなったら、とことん僕の実力を見せつけてやるよ」

その言葉通り、騎士団内でのイラリオンの活躍は目覚ましかった。

あっという間に頭角を現したイラリオンは、史上最年少のソードマスターとなり、最短期間で王室騎士団長に任命された。

そんなある日、いつものようにテリルの元を訪れたイラリオンは、神妙な面持ちで切り出した。

「戦争に行こうと思う」

「……うん」

テリルは、ついにこの日が来たのかと思った。

前々から、戦争を終わらせることがイラリオンの目標の一つなのだ。

「しばらくは帰らないから、会えなくなるけど……」

「ねぇ、ラーラ。絶対に無事で帰って来てね。約束よ」

「もちろんだ。……それで、帰って来たら君に聞いてほしい話があるんだ」

それがどんな話なのかテリルには分からなかったが、もうなんでも良かった。

「うん、待ってるわ」

約束があれば、彼が必ず帰って来てくれると思ったから。

たとえそれが、もうテリルの世話はやめるという話であっても、その話をするためにイラリオンが無事に帰って来てくれるなら、それでいいと思った。


イラリオンが戦地に旅立っていくと、テリルの置かれた環境は一変した。

それまで最低限の身の回りの世話をしてくれていた使用人達はいなくなり、テリルは完全に伯爵家の離れで隔絶された生活を送るようになっていた。

日に一度だけ届く冷たい食事を摂りながら、テリルは改めて自分が家族から疎まれている事実を思い知る。

これまではイラリオンが出入りしていたからこそ、彼等は体面を保つためにテリルに貴族令嬢として最低限の暮らしをさせていたのだ。

イラリオンがいなくなった今、彼等がテリルのために財産を使う必要はなくなったということだ。

「ここはいつ来ても陰気臭くて嫌だわ。まるでお姉様みたい」

テリルが荒れた庭に一人でいると、ソフィアが小馬鹿にしたような声で言った。

「…………」

「少しは身の程を知ったかしら。この前も話したけど、イラリオン卿とお姉様では釣り合わないの」

無遠慮にズカズカと庭の花を踏みつけながら、ソフィアはテリルの前まで押し入って来た。

「ね？　自分の惨めさがよく分かったでしょう？　だからもう彼を解放してあげて。彼にふさわしいのはお姉様みたいな出来損ないじゃないの。彼にはもう、心に決めた人がいるのよ」

「え……？」

「あら。お姉様ったら知らなかったの？　イラリオン卿とアナスタシア王女殿下の話は有名よ。二人ってとてもお似合いでしょう？　戦争から帰って来たら、二人は結婚するの。だからもう、イラリオン卿の邪魔をしちゃダメよ」

「彼と、王女殿下が……？」

クスクスと意地の悪い笑みを浮かべるソフィアにテリルは何も言えず絶句する。

「わざわざお姉様の足が治らないよう裏工作までしたのに、お父様も残念がるでしょうね」

「な、なんですって……？」

ソフィアの言葉の意味が分からずテリルは困惑した。

そんなテリルをとても愉快そうに見下ろしながら、ソフィアは真実を告げる。

「何って、決まってるでしょ？　お姉様のその足、本当なら治ってたのよ。それをお父様がイラリオン卿に責任を取らせるために、薬を入れ替えていたの。お姉様が毎日のように飲んでたあの薬。本当は薬じゃなくて、足を麻痺させる毒だったのよ。お姉様はイラリオン卿をずっと騙してたってこと」

「………ッ！」

息を呑んだテリルは、動かない自分の足を見下ろした。

この足のせいで、ずっとイラリオンを縛りつけてきた。それが父の思惑だったなんて知りもしないで。

『帰って来たら、君に聞いてほしい話があるんだ』

戦争に赴く前、イラリオンが残していった約束。それは、このことなのだろうか。

彼は気づいていたのか。それとも、王女との結婚のことを話そうとしていたのか。

いずれにしろ、テリルにはもう彼と一緒にいる資格はない。

ずっと前からとっくに自覚し、テリルの心に深く根を張っていた恋心がズタズタに引き裂かれていく。

テリルの中の何かが、壊れ始めていった。


「テリル！　イラリオン卿が戦争に勝利し帰って来るらしいぞ！　彼が帰って来たらお前のその足の責任を取って結婚してもらう！　どこもかしこも彼を賞賛する話題で持ちきりだ。彼との縁ができれば我がクルジェット家は怖いものなしだ！」

ずっと娘を放置していたくせに、イラリオンの凱旋が報じられると都合よくテリルの元にクルジェット伯爵はやって来た。

伯爵の指示で戻って来た使用人達が、数日前から荒れた離れを掃除していたのはそういうわけだったのかと、無気力な頭でぼんやり考える。

「おい、聞いているのかテリル！　早くイラリオン卿を迎える準備をしろ！」

胸ぐらを掴まれたテリルは、生気のない声で父に言った。

「……私と彼が結婚……？　そんなこと、絶対にあり得ません」

それを聞いたクルジェット伯爵は、顔を赤らめて激怒した。

「今さら何を言っているんだ、この役立たず！　お前をイラリオン卿に嫁がせるために、これまでどれだけ多くの金を注ぎ込んだと思ってるんだ！」

頬に叩かれた痛みが走る。

しかし、テリルにとってはもうどうでも良かった。ずっと父だと思ってきた目の前の男のことが、気持ち悪くて仕方ない。

この男の言う、テリルのために注ぎ込んだ金とは、テリルをここまで生かしてきた金のことか。はたまた、テリルの足をこんなふうにした毒を買った金か。

「私は……彼と結婚する気はありません」

吐き気すら覚えながら、テリルは必死に言い募った。

これ以上、自分のせいでイラリオンに迷惑をかけたくなかった。

「こんな歳まで独り身でいたくせに、イラリオン卿と結婚する気はないだと？　ふざけるな！

なんとしても彼にはお前を誑かした責任を取ってもらう！」

テリルの足を犠牲にして、あくどい手段でイラリオンを利用しようとする伯爵。

こんな人を家族だと思っていた自分が馬鹿みたいだ。

「お願いですから、どうかもうやめて……」

それでも伯爵に対して懇願するしかないテリルは、自分の無力さに絶望した。

「スヴァロフ家との繋がりがもたらす利益は計り知れん。お前が橋渡しをすれば、我がクルジェット家はより繁栄するのだ。それが分からんのか！」

怒鳴られたテリルは我慢できずに初めて伯爵に怒鳴り返した。

「これ以上、彼を利用するのはやめてください！」

初めて抵抗したテリルに、クルジェット伯爵もまた理性が飛ぶほど怒り狂った。

「いいから早く、誘惑でもなんでもしてイラリオン卿を射止めてこい！」

「絶対にイヤです！　私は……私は、イラリオン・スヴァロフとだけは何があっても結婚しません！　彼とだけは、絶対に！」

イラリオンと過ごしてきた思い出の庭に、テリルの絶叫が響き渡る。

息を乱した伯爵は、最後までテリルを罵倒して去って行った。

伯爵が去り、再び一人になった庭でぼんやりとしていたテリルは、不意に懐かしい足音を聞いた気がした。

「……ララ？」

まさか、と思って呼びかけると、庭を囲む生垣の間からずっと会いたかった人が顔を出す。

「テリル……」

「帰って来たのね……！」

その顔を見た途端、テリルは何もかもを忘れて涙を流していた。

自分のしてきたこと、父のこと、彼に会わせる顔がないと思っていたことも全てを忘れて、ただ彼が無事で良かったと安堵した。

「……うん。ただいま」

ゆっくりと庭に入って来たイラリオンは、テリルにハンカチを差し出した。

「良かった。……本当に良かった」

昔のように彼に抱き着きそうになったテリルは、ピタリと動きを止めて、ハンカチだけを受け取る。

「ありがとう」

いろんな想いを込めてそう言ったテリルの涙が止まるまで、イラリオンは黙って立ち続けていた。

「……それは？」

涙が落ち着いた頃、やっと周囲を見ることができたテリルは、イラリオンの持つ鮮烈な色に気づいて首を傾げた。

「ああ、これは………」

真っ赤なラナンキュラスの花束を見下ろしたイラリオンは、その手をぎゅっと握り締めると、乱暴に背中に隠した。

雑な扱いに赤い花弁が数枚、テリルの庭に散る。

「………王女殿下に持って行こうと思って」

「王女殿下に？」

「この後、王室の晩餐会に呼ばれているんだ」

「そうなの……」

テリルの喉の奥が引き攣《つ》る。

やはり、ソフィアの話は本当だったのだ。イラリオンは、王女のことを……。

胸の痛みに気づかないフリをして、テリルはイラリオンに笑顔を向ける。

「あなたは本当にすごいわ。親友として、あなたが誇らしくて仕方ないの。きっと王女殿下も、あなたの帰りを喜んでくださるわ」

「……まあ、うん。王室からの招待は確かに光栄だな。ただその前に、どうしても君に会いたくて。でも、迷惑だったらごめん」

笑顔のテリルから目を背けて、イラリオンは掠れた声を出した。

「どうしてそんなことを言うの？　嬉しいに決まってるわ。あなたが無事に帰って来てくれて、こんなに嬉しいことはないもの」

「……うん」

自分の気持ちを隠すことで精一杯だったテリルは、イラリオンの様子がおかしいことにようやく気がついた。

「ラーラ、どうかしたの？　顔色が悪いわ……」

伸ばしたテリルの手を避けるように、イラリオンがテリルから距離を取る。

「少し、疲れてるみたいだ。ごめん、もう行かないと……。また来るよ」

それだけ言うと、イラリオンは去って行った。

地面に散ったラナンキュラスの赤い花弁が、風に吹かれて飛んでいく。

テリルはそれを見送ることしかできなかった。

第十二章　溢れる想い

「クルジェット伯爵が、あなたに毒を盛っていたと？」

そこまで黙ってテリルの話を聞いていたイラリオンは、怒りに身を震わせていた。

「なぜですか。どうしてそんなことまでされたのに、あなたは彼等のことを……ッ」

イラリオンの言いたいことが分かったテリルは、悲しげに笑う。

「あの人達のことを恨みましたし、憎みました。私は家族として歩み寄ろうと努力していたのに、その全てを踏み躙られたのですから。でも、今を生きる私にとって、記憶の中にしかない行為のことであの人達に時間や感情を浪費するのは、とても惜しいことなのです」

確かに今ここにいるテリルは、その記憶によって過去と未来を変えてきた結果、自分の足で立って歩いている。

それでもイラリオンの中には燃えるような怒りが広がっていた。

伯爵一家がテリルを蔑《ないがし》ろにしてきたことも、彼女を道具としてしか見ていないことも、何一つ変わりはないのだ。

できることならテリルの代わりに自分が制裁を加えたい。クルジェット伯爵達が犯してきた罪を全力で償わせてやりたい。

怒りに燃えるイラリオンへと、テリルは今や口癖のようになっている言葉を告げた。

「今の私にとって一番大切なことは、あなたを幸せにすることだけ。他のことは、本当に何もかもがどうでもいいのです」

テリルの頑固なほどに一途な想い。

その言葉を複雑な思いで受け止めたイラリオンは小さく息を吐いて、心にくすぶる熱を追い出す。

「それで……戦争から戻った私の様子がおかしかったと言いましたね？」

冷静になったイラリオンは、テリルの話が途中だったことを思い出して続きを促した。

「そうです。後から知ったのですが、あなたは戦争で肩に大きな傷を負うと共に、一人の部下を失っていました。エリックという騎士です」

「……ッ！」

記憶を脳裏に思い出しているのか、テリルは痛ましい表情を浮かべる。それを聞いたイラリオンは、小さく息を呑んだ。

「そのことがあなたの心にも深い傷を負わせたそうです。それに、その騎士は王太子殿下とも繋がりがあったようでして……。彼の死のことで王太子殿下に激しく責め立てられているあなたを、私は見ていることしかできませんでした」

申し訳なさそうに眉を下げるテリルに対してイラリオンは、黙り込みながら考えを巡らせていた。

エリックのことならもちろんよく知っている。明るく気のいい男で、騎士としても有能な部下。

そして確かに、王太子ヴィクトルとは特別な関係にある。

なぜなら彼は、アナスタシア王女の秘密の恋人だからだ。

今回の戦争でも、イラリオンとエリックは命の危機に晒された。

二人とも無事に生還できたのは、他でもないテリルのお陰だ。

「だからあなたは……戦場で私と彼を助けてくれたのですね？」

瀕死のイラリオンとエリックの元にテリルが現れ、追っ手からかくまい看病をしてくれた戦争での不思議な体験を思い返す。

「はい。いつ、どうやって傷を負い、部下を失ったのか、あなたに聞いたことがあったんです。だから動物達の力を借りて戦場に行き、あなたと彼を救いました。……自分だけ助かったことを、あなたはずっと後悔していましたから」

よほど記憶の中のイラリオンが悲惨な状態だったのか、テリルは悲痛な目をイラリオンに向けていた。

「……スヴァロフ領を救ってくれたあの食糧も、そのための資金集めも、未来の記憶を元に調達したのですね？」

「はい。賭けや投資でどうすれば儲かるか、あなたが教えてくれた知識が役に立ちました」

「そうやって本当にあなたは……私が人生で失ったものを一つずつ取り戻させるために生きてきたのですか？」

イラリオンが問うと、テリルは力強く頷いた。

「そうです。だって私には、それくらいしかあなたに罪を償う方法がなかったから」

想像を絶する想いで生きてきたテリルにひどく打ちのめされた気分のイラリオンは、覚悟を決めて彼女を見つめ返す。

「……その後は何があったのですか？　それで終わりではないのでしょう？」

イラリオンが過去に記憶を飛ばす禁術に手を出した未来。挑むようなイラリオンの瞳から目を逸らしたテリルは、呟くように話した。

「悲劇の始まりは、王女殿下の突然の訃報でした」

「………………！」

「あなたと王女殿下との縁談が新聞に取り上げられた矢先のことでした。王太子は、王女殿下が亡くなったのはあなたのせいだと葬儀の場で罵倒したのです。あなたと王太子が対立しているという噂はあっという間に広がり……社交界が、あなたを支持する勢力と王太子を支持する勢力に分かれました」

「私とヴィクトルが……対立？」

信じられないと驚くイラリオンに、テリルの声はますます沈んでいく。

「国王陛下はあなたの味方でした。他にも貴族の大半は、戦争の英雄であるあなたに同情と好意的な目を向けていました。ですが、タイミングが悪いことに、ここでスヴァロフ領に例の嵐による災害が起きてしまったのです」

順調だったイラリオンの人生は、そこから坂道を転がり落ちるように転落していく。

脳に刻まれたその記憶を思い返しながらテリルは話し続けた。

「領地を立て直すためにあなたは王都を離れ、その間にビスキュイ公爵が王太子への支持を表明しました。力をつけすぎるスヴァロフ家を牽制《けんせい》するためだったとか」

ビスキュイ公爵が国王に向かってスヴァロフ家への厚遇がすぎると諫言していたのを聞いたことがあるイラリオンは、そっと天を仰いだ。

「さらにスヴァロフ家が自領の食糧不足のために他領の食糧を買い漁ったことで、同じく嵐の被害を受けていた近隣領地の領主からも目の敵《かたき》にされました。あなたが王都に戻った時には王太子の支持勢力が拡大していて、そして最悪の事態が起こってしまいました」

「……これ以上に最悪の事態が、ですか？」

聞いているだけでも頭の痛くなるような展開に、さらに最悪があるのかとイラリオンは頭を抱えた。

「国王陛下が崩御されたのです」

「……なぜ、陛下が」

「分かりません。ですが、王位を継ぐこととなった王太子は、あなたが陛下を弑《しい》したと騒ぎ立てて……」

そこからは聞くまでもなかった。

「私は国王陛下暗殺の罪を……逆賊の汚名を着せられたのですね」

イラリオンが淡々と口にすると、テリルは泣きそうな顔で頷いた。

「……最大の支援者だった陛下が亡くなったことで、あなたを支持していた貴族達もあなたを見放しました。誰一人、英雄であったあなたを助けようとはしませんでした」

テリルの話を聞いたイラリオンは、ピースを嵌めるようにテリルの話の裏にある事情を推察した。

まず、エリックとアナスタシア王女は今と同じように恋人同士だったのだろう。

エリックが亡くなったことで、王女は嘆き悲しんだに違いない。

イラリオンが経験したのと同じ状況でエリックが死んだのなら、その責任はイラリオンにも確かにある。

『彼女に見合う身分を手に入れるために、この戦争で手柄を立てたいんです！　だからお願いします、団長。俺に行かせてください』

無謀な特攻を願い出たエリックに許可を出したのは自分だ。

毎日のように熱く語られる彼の王女への愛を応援したかったからこその、判断ミスだった。

エリックが敵に捕まったと聞いたイラリオンは、彼を救うため単身敵地に乗り込んでなんとか敵陣から連れ出したものの、負傷したエリックを庇い肩に傷を受けた。

『団長……俺のせいですみません。もう俺は助からないだろうから、どうか一人で逃げてください』

あの時、もしテリルが現れなかったら。自分は、エリックを置いて逃げ出していたのだろうか。

そうして一人だけ助かって、王女にエリックの最期を話して聞かせ、泣かせていたのだろうか。

イラリオンの拳が、音を立てるほど握り締められる。

どちらにせよ、テリルの記憶している過去ではイラリオンは部下の命を見捨てて一人だけ生還したのだ。

そんな中、何も知らない国王が今世と同じく戦争から戻ったイラリオンと王女の縁談話を持ちかけたとしたら、王女がどれほど傷ついたか。

恋人を失った悲しみの中、恋人を見殺しにした男との結婚。

そんなことをするくらいならと、アナスタシア王女は自ら死を選んだのだろう。

そして情に厚く妹思いのヴィクトルは、前々から確執のあったイラリオンに全ての憎しみを向けた。

『もし俺が昔のようなひねくれた性格のまま育っていたら、絶対にお前を妬んでいたと思うぞ。それこそ、どんな手を使ってでもお前の人生をめちゃくちゃにしてやりたいと考えたはずだ』

何気ないヴィクトルとの冗談交じりの会話を思い出したイラリオンは、あの時の親友の笑顔を思い出して心が沈んだ。

その言葉通り、ヴィクトルは自らの手で父親を暗殺してまで、イラリオンに罪を着せて破滅させようとしたのだろう。

「私は抵抗することなく捕らえられたのですか？」

そんな状況でもスヴァロフが簡単に屈するはずはない。

そう思って問いかけたイラリオンに、テリルは顔を歪めた。

「あなたとあなたのお父様は潔白を主張し続けました。でも……」

テリルの瞳から、ぽろりと涙がこぼれ落ちる。

「王太子に取り入ろうとした私のお父様……クルジェット伯爵が、私を人質にして……。優しいあなたは私なんかのために……やってもいない罪を、認めてしまいました」

堪えていた涙が決壊したかのように、テリルはしゃくり上げながらこぼれる涙を拭った。

「テリル……」

「あなたが王太子と対立したきっかけは、私にあります。私があなたの時間を奪っていたから。私がいなければあなたは王太子と信頼関係を築けていたでしょうし、あんなに恨まれることはなかったはずです！」

テリルは嗚咽混じりの声で、必死に叫ぶ。

「足手纏いな私がいなければ、あなたは犯してもいない罪を認めることもなかった。英雄と讃えられていたあなたが、逆賊と罵られることなんて……っ」

泣きながら震えるテリルの小さな体をそっと抱き寄せたイラリオンは、静かな声で問いかけた。

「……だからあなたは、ずっと私に会わないようにしていたのですか？」

「私と過ごして時間を無駄にしなければ、あなたは幸せになれると思ったから……。私が奪ってしまったあなたの時間を、全て返したかったのです」

イラリオンの肩口がテリルの涙で濡れていく。

「でも、あの日……真っ赤なラナンキュラスの花束を私に差し出して求婚してくれたあなたを見て、思ってしまったんです」

涙声のテリルは、濡れた瞳で恋しそうにイラリオンを見上げた。

「これだけ我慢してきたのだから……少しくらいなら、一年くらいなら、またあなたのそばにいてもいいんじゃないかって」

息を呑んだイラリオンの腕に縋りながら、テリルはずっと心に秘めていたその想いを涙と共に吐き出した。

「だけど、久しぶりにそばで感じたあなたのぬくもりも、匂いも、その青い瞳も優しい声も笑顔も……一緒にいればいるほど、離れがたくなるんです」

ドクドクと痛いほど高鳴る心臓の音を感じながら、イラリオンは涙に濡れた瞳で自分に縋る、ただ一人の愛しい人を見下ろしていた。

「……ごめんなさい、イラリオン。私……あなたが好きなの。本当は、ずっと一緒にいたい。何度人生をやり直しても足りないくらい、……あなたを愛しているの」

「テリル……！」

我慢ができず、イラリオンはテリルの体を掻き抱いた。

ふわふわとした柔らかな髪に手を添え、衣服が乱れるのも気にせずに。

腕の中で震える小さな体。この愛しい人を、どうしてくれようか。

どれほど愛し抜いたら、彼女を幸せにできるのだろう。

「テリル、私は……」

イラリオンが声に力を込めたその時だった。

「おーーい、イラリオン！　来てやったぞーー！　いるかーー？」

屋敷中に響くような大声でイラリオンを呼ぶその声に、テリルもイラリオンもビクリと反応して咄嗟に体を離す。

「…………」

「…………」

「……………えっと、イラリオン。……呼ばれていますよ？」

「……………チッ」

それは国宝級令息にはあるまじき見事な舌打ちだったが、思わず出てしまったのは仕方ない。大事なところを邪魔されたイラリオンは一瞬、何も聞こえなかったことにして再びテリルに手を伸ばそうとした。

しかしーー。

「王太子殿下！　勝手に上がられては困ります！」

「いいから、俺はイラリオンの親友だから問題ないって」

「で、ですが、旦那様は今、奥様と……」

「大丈夫。そのうち会う約束をしてたからアイツも分かってるだろ」

すぐそこの廊下から聞こえてくるヤナの戸惑った声と、それを堂々と押しのけて入って来たであろう聞き慣れた声が聞こえ、イラリオンは深い深いため息を吐いた。

テリルに一言断りを入れて、イラリオンは部屋の外に出た。

「いったい何の用だヴィクトル。今日は非番なんだが」

苛立った様子の親友に、ヴィクトルはなおも顔を輝かせた。

「イラリオン！　お前の屋敷は本当にメイドが一人しかいないんだな！　王太子の俺に出迎えがメイド一人だなんて、なかなか新鮮な歓迎だったぞ」

楽しそうに笑うヴィクトルは、イラリオンのドス黒いオーラに気づいていない。

「だから、いったい何の用なのかと聞いている」

「何って、お前の嫁さんに会いたいって言ってたじゃないか。ちょうど時間ができたからわざわざ来てやったんだ」

感謝しろと言わんばかりのヴィクトルに、イラリオンは再度舌打ちが出そうになった。

「あの……イラリオン？」

と、そこで。

イラリオンのうしろから、困り顔のテリルが顔を覗かせる。

「テリル、あなたは休んでいていいですから」

苛立ちを引っ込めたイラリオンが優しくテリルを部屋に促すも、ヴィクトルは謎に包まれたイラリオンの仮初めの妻の姿をガッツリとその目に映していた。

部屋から顔を出したテリルの、その乱れた髪に服、そして泣き腫らした赤い目を見たヴィクトルは、声を上擦らせて親友に詰め寄る。

「お、おい、イラリオン！　お前っ、こんな真っ昼間から何してたんだよ……！」

何を誤解したのか、真っ赤になったヴィクトルは口をパクパクさせながら、目が離せないとばかりにジロジロとテリルを見つめている。

イラリオンの頬にビキリと青筋が浮く。

「……なぁ、ヴィクトル。君、いい加減にしろよ……？」

「……ッ！」

決してテリルには見せないような、ナイフのように鋭い目でヴィクトルを睨みつけるイラリオン。

その低い声を直接耳元に吹き込まれたヴィクトルは、ゾッとしながら一瞬にして口を噤む。

空気の読めないヴィクトルは、ここに来てようやく自分がお邪魔虫だったことに気づいたのだ。

「……オホン。ヤナ、殿下を応接室に案内してお茶を出してください。ヴィクトル王太子殿下、すぐ参りますのでどうかくれぐれも大人しくお待ちいただけますか」

ニコニコと微笑むイラリオンに、ヴィクトルは黙ったままコクコクと頷いてヤナの案内に従って行った。

その背中が見えなくなるのを待って、イラリオンはテリルの華奢な肩を掴むと部屋に押し込んだ。

「テリル……！　お願いですから、そんな格好を他の男に見せないでください」

必死のイラリオンにキョトンとするテリル。

「えっと？　あ、ごめんなさい。私、そんなにだらしなかったですか？」

自分の体を見下ろして慌てたテリルが手櫛で髪を整え出す。

その乱れた髪も、はだけた服も、濡れて赤くなった目元も、妙に扇情的だ。

このままヴィクトルのことなど放っておいて、彼女を押し倒してしまいたい衝動に駆られながら、イラリオンはなんとか理性を保った。

「……そんなことはありません。ただ、あなたの無防備な姿を見ていいのは夫である私だけです」

大事な話の途中でとんだ邪魔が入ったことを激しく恨みながら、イラリオンは優しい手付きでテリルの髪を直す。乱れていた服も直してやり、横抱きにして運ぶと寝台の上に丁寧に寝かせた。

「邪魔者はさっさと帰らせますから、話の続きは後でしましょう。それまでどうか、ここで私を待っていてください」

そして最後に触れるだけの口付けをその額に落として、真っ赤になったテリルを残し、部屋を後にしたのだった。


「その……イラリオン。なんだ、あの……調子に乗りました。すみませんでした」

震え上がるヴィクトルは、貼り付けたような笑顔で登場した親友に、これでもかと頭を下げた。

「百歩譲っていきなりいらっしゃるのはいいとして、勝手に上がり込んでくるのはどうなのでしょうか、王太子殿下」

「ひっ……！」

ヴィクトルに対してだけはいつも砕けた口調のイラリオンが、椅子に座り足を組んであえて敬語で詰めてくるその恐ろしさ。

「さらには人の妻の無防備な姿を不躾にジロジロと見るなんて。品性に欠けるとお思いになりませんか」

「わ、悪かったって！　けど、いつの間にそんな関係になったんだよ。それくらい教えてくれたって……」

「…………君がタイミング悪く来さえしなければ、今頃そんな関係になれていたかもしれないな」

棘のあるイラリオンの言葉に、ヴィクトルはゲッと顔を歪ませた。

「うわ、本当か……！　それは本当に申し訳なかった‼」

想像以上に最悪のタイミングで邪魔してしまったことを悟ったヴィクトルが、本気で頭を下げる。それを見たイラリオンは、怒りも通り越してため息を吐いた。

「いいさ。時間はいくらでもあるし、焦ってどうこうするものでもないしな」

力を抜いて背もたれに身を預けたイラリオンを見て、ヴィクトルもホッと胸を撫で下ろす。

「はぁ、良かった。本気で殺されるかと思った……。いや、それにしてもお前も頑張ってるんだなぁ。あれだけ相手にされなくて泣いてた奴が。俺も感慨深いよ」

イラリオンが態度を和らげた途端、またヴィクトルが調子に乗り出す。

そんな親友を見ながら、イラリオンは先ほど聞いたばかりのテリルの頭の中にある記憶の話を思い返していた。

イラリオンとヴィクトルは、今の世界線でこんなふうにふざけたやり取りをする気安い間柄だというのに。一歩選択を間違っただけで、互いに破滅し合う未来があったなんて。

ヘラヘラと笑う目の前の男が友であること、そしてこの関係を与えてくれたテリルに、イラリオンは改めて感謝した。

「ヴィクトル」

「こ、今度はなんだよ？」

急に呼びかけられて再び身構える親友に、目を細めたイラリオンはさらりと告げた。

「君が、私の親友で良かった」

「へ……？」

意味が分からず放心したヴィクトルは、徐々に親友の言葉を理解したのか、急激に取り乱した。

「な、なんだよおい……いきなり、照れるだろ！」

顔を真っ赤にしたヴィクトルに対し、イラリオンは一瞬だけ見せた優しい空気を引っ込めて辛《しん》辣《らつ》な目を向ける。

「別に。ただ言っておきたくなっただけだ。それより、早く帰ってくれないか。彼女と大事な話の途中だったんだ」

「いや、これでも俺王太子だぞ⁉　酷くないか、来て早々帰れなんて……。せめて彼女に挨拶させてくれよ」

「勝手に来ておいて何を言うんだ。ずうずうしいと思わないのか？」

いつもの軽い掛け合いを始めた二人。

そこへ、扉をノックする音が響く。

「失礼します」

「……！」

その声を聞いた瞬間、イラリオンは勢いよく立ち上がり扉を開けた。

「テリル⁉」

「あの、ご挨拶をと思いまして……」

顔を覗かせたテリルに焦り、ヴィクトルから隠すように立つイラリオン。

「待っていてくださいと言ったではないですか！」

着替えてきたのか先ほどのような無防備な格好でないとはいえ、まだ目元がほんのり赤いテリルは困ったようにイラリオンを見上げた。

「ですけれど、王太子殿下にご挨拶しないと……」

テリルの目は明らかにヴィクトルを警戒していた。

イラリオンと二人きりになんてできないとでも言いたげだ。

テリルの頭の中のヴィクトルがどんな人間か分かる気がして、イラリオンは諦めて渋々ながら彼女とヴィクトルを引き合わせることにした。

ようやくイラリオンからお許しが出たと察したヴィクトルが、王太子らしく優雅に手を差し出す。

「改めてご挨拶をテリル嬢。……いや、スヴァロフ夫人。イラリオンの親友のヴィクトルだ。よろしく頼む」

「……〝親友〟」

ぼそりと呟いたテリルは、挑むようにヴィクトルを見上げた。

「イラリオンの妻のテリルです。どうぞよろしくお願いいたします、王太子殿下」

「……〝妻〟」

テリル自ら『イラリオンの妻』と口にしてくれたことが嬉しくて、イラリオンは静かに悶える。

デレデレのイラリオンに若干引きつつも、ヴィクトルがテリルの手を取ろうとしたその時だった。

挨拶のために触れそうになった二人の手を遮るように、イラリオンが横からテリルの手を掻《か》っ攫《さら》う。

「おい、イラリオン」

顔を引き攣らせたヴィクトルが親友に酷く冷めた目を向けるも、涼しい顔の国宝級令息は開き直ったかのように無視を決め込んだ。

「それで。挨拶もしたし、もういいだろう？　早く帰ってくれ」

「お前……彼女が絡むと本当に人格が変わるな。この前から冷たすぎないか？　俺をこんなにぞんざいに扱うなんて。いつもはもっと優しくしてくれるのに！」

「悪いが今日は非番なんだ。何よりも大事な妻との私生活を優先させていただきたい」

「俺だってテリル嬢と久しぶりに会ったんだから、ゆっくり話をさせてくれよ！」

ヴィクトルの叫びに驚いた声を上げたのは、イラリオンに手を取られたまま戸惑っていたテリルだった。

「え？　私、殿下とお会いしたことがあるのですか？」

「あ、さすがに覚えてないか。あんた……ゴホン、君はあの時幼かったうえに、両親が亡くなったばかりでショックを受けていたから」

テリルを〝あんた〟呼びしそうになったヴィクトルに鋭い睨みを利かせたイラリオン。どういうことか説明しろとも言いたげな親友のその視線にビクつきながら、ヴィクトルは慌てて口を開いた。

「テリル嬢の祖父のタラス・クルジェットは、俺の最初の教育係だったんだ。まあ、小さい頃の俺はなんというか奔放で……彼には随分と世話になった。その縁で、彼が亡くなる前に見舞いに行ったことがあってな。そこでテリル嬢を見かけたことがあるんだ」

その話を聞いたイラリオンは、妙に納得した。

というのも、以前から少しだけ気にかかっていたことがあったのだ。

「だから君はあの時、私が言った女性の特徴を聞いてすぐに彼女だと分かったんだな」

それは、イラリオンが好みの女性を聞かれてテリルの特徴を挙げた時のこと。

変わり者の噂や特徴的な目を不気味と揶揄する噂はあっても、その詳しい容貌は広まっていなかったはずのテリルを、イラリオンの条件に当て嵌まると薦めたヴィクトル。

ヴィクトルはどこかで彼女のことを見たことがあったのではと、密かに疑念を抱いていたイラリオンはようやくその答えを知った。

「いやー、そのおかしな色の……ゴホン。不思議な色の目が特に印象深かったから、イラリオンに言われた変な条件を聞いた時にテリル嬢のことだとピンときたんだ」

イラリオンの睨みを気にしながら、そう言ってテリルの目を真正面から見たヴィクトルは、ふと忘れていた当時の記憶を思い出した。

「あれ……そういえばあの時、タラス爺さんが何か言ってたな。俺に頼みがあるとか、孫娘がどうのとか……」

「それは本当か？　先代伯爵はなんと言っていたんだ？」

何かを察したイラリオンが問い詰めるも、ヴィクトルは困ったように頭を掻いた。

「いやぁ……なんだったかなぁ……」

「世話になったんだろう。ちゃんと思い出せ」

「そう言われても、もう二十年近く前の話だぞ？　えーっと……」

自分の知らない祖父の話にテリルも興味を引かれたような目を向ける中、ヴィクトルはなんとか古い記憶を辿った。

「あ！　そうそう、困った時はクルジェット家の離れを探せとかなんとか！」

「離れを……？」

不思議そうに首を傾げたテリルと顔を見合わせたイラリオンは、要領を得ないヴィクトルに再び鋭い目を向けた。

「何を探せと言われたんだ？　そこに何があると？」

「確か、何かを隠したって。もしもの時のために、なんだったかな……。あの爺さんいつも回りくどくてさ、あの時の俺には難しかったんだ。とにかく孫娘の力になってやってほしい的なことを言われた気がする」

恩人から死に際にそんな大事なことを言われたくせに、今の今まですっかり忘れていたらしいヴィクトルに、イラリオンは心底呆れた目を向けた。

テリルもテリルでヴィクトルが思っていたのとは何か違う人間な気がして、警戒の色をほんの少し和らげる。

「な、なんだよ二人してその目は！　仕方ないだろ、あの時はまだ幼かったんだ。それに、爺さんの言葉もよく分からなかったし……」

ヴィクトル自身も、テリルの顔を見なければ忘れたままだったであろうことが申し訳なかったのか、心底バツが悪そうにしていた。

「大丈夫ですか？」

その後も茶を飲み終わるまでと言い張って居座ったヴィクトルの相手をした夫妻。ヴィクトルが帰り、並んで座った状態でグッタリする妻を気遣ったイラリオンが問えば、テリルは困ったように眉を下げた。

「はい。ただ、少し気が抜けてしまって……」

考えてみれば、テリルは倒れたばかりなのだ。その後記憶の話をして、ずっと警戒していた王太子と急に対面して。疲れるのは当然だろう。

「今日はもう、このまま休んでください」

イラリオンがそう言うと、テリルはフラフラしながら首を横に振った。

「でも、お話の続きが……」

王太子に邪魔された話の続きをしなくては、と目を擦る妻を見て、イラリオンは苦笑してしまう。

「私達にはたくさんの時間があります。この穏やかな日々は、他でもないあなたが与えてくれたものです。無理に急ぐ必要はありません。ですからどうか、慌てずゆっくり進みましょう」

無理をしなくてもいいと言われて、テリルはホッとした。

思えばテリルは未来の記憶を無理矢理脳に押し込まれたあの幼い日から、ずっと生き急いできた気がする。

いつも何かに追われているようで、ただ自分の犠牲になった彼を救いたくて奔走してきた。

その中で、初めて休んでいいと言われた気がしたテリルは、安心して体の力を抜いた。

「ねぇ、イラリオン……」

「はい、どうしました？」

「ここで……あなたの横で、眠ってしまってもいいですか？」

愛する人のその甘えた声に、イラリオンの胸もまた甘く疼《うず》く。

「もちろんです。触れることを許してくださるのなら、私があなたを寝室まで運びますよ」

そっと手の甲でテリルの頬に触れたイラリオンがそう言うと、テリルは嬉しそうにクスクスと笑った。

そしてイラリオンの肩にもたれた彼女は、イラリオンの腕に抱き着いて猫のように体を丸める。

「あなたはいつも、お日様の匂いがします。あなたとこうしていられることが、不思議でくすぐったくて。でも……愛おしくて仕方ありません」

「テリル……」

いろいろと堪らなくなったイラリオンが手を伸ばすと、テリルは寝息を立てていた。

「…………」

仕方ないなとばかりに笑みを漏らしたイラリオンは、伸ばした手で彼女のふわふわの髪を撫でてみる。テリルの体がさらに寄ってきて、ラナンキュラスのような甘い匂いがした。

イラリオンの袖を握る彼女の小さなその手に、指を重ねてみる。

仮初めなれど、揃いの指輪を嵌めた指がイラリオンの指に絡まりギュッと握られる。

他の人間に対して怯えたり不安がったり、警戒したり投げやりだったり。

そんな彼女が身を預けてこんなふうに眠ってしまうところを見ると、イラリオンを信頼しきっているのがよく分かった。

そして今の彼女なら、戸惑わずにイラリオンの想いを受け入れてくれるだろうと予感させてくれる。

どうしようもない幸福を噛み締めるイラリオンはテリルの寝顔を眺めながら、同時にふとあることに考えを巡らせた。

彼女の知るもう一人のイラリオン・スヴァロフ。

別の時空に置き去りにされた情けないその男が、テリルのことを本当はどう思っていたか。

そもそも〝ラーラ〟が記憶を送ろうとした過去が、テリルと出会ったあの日だという時点でその答えは明白だ。

全てを捨ててやり直そうと決意したにもかかわらず、テリルとの出会いだけは消したくなかった心理が如実に表れている。

その行動一つだけ見ても、別時空のイラリオン・スヴァロフがテリルに寄せていた想いを嫌でも推察できた。

自分の分かりやすさと情けなさに呆れてしまいそうだ。

「……そんなに好きだったのなら、不安になんかさせず幸せにすればいいものを」

過去といっていいのか、未来といっていいのか分からない自分に、イラリオンは苦言を呈した。

しかしイラリオンには、それをわざわざテリルに伝えてラーラを擁護してやる義理はない。

彼女を幸せにできなかった馬鹿な男の幻影にこれ以上付き纏われるのは、もう御免なのだ。

たとえ相手が自分自身であっても、彼女を渡したくない。

今ここにいるテリルのぬくもりは、今ここにいる自分だけのものだ。

もう一人の自分にすら嫉妬してテリルを独占したいと思う、ともすれば危うさすら感じさせる自身の思考を自嘲しながらも、イラリオンは半身にかかる愛しいぬくもりを永遠に手放したくはないと願わずにはいられなかった。

第十三章　二つの決着

「眠れないのですか？」

テリルが倒れてから数日が経ったある夜、イラリオンはぼんやりと月を見上げている彼女を見つけて声をかけた。

「イラリオン……」

何かを考え込んでいたらしいテリルは少しだけ驚いたように顔を上げる。

「ホットミルクでもどうです？」

「いいですね」

手を差し出した夫に向けて微笑む妻。夜中の誰もいない廊下を連れ立って歩いた二人は、厨房でコトコトとミルクを温めた。

「うふふ。温かくて甘いです」

両手で持ったカップに何度も息を吹きかけて口をつけるテリルを、イラリオンは愛おしそうに見つめる。

「蜂蜜が入っていますから」

「お陰でよく眠れそうです。ありがとうございます」

「私も寝付けなかったので、ちょうど良かったです」

心まで温まるような優しい声で会話を交わし、ふわふわと立ち上がる湯気越しに目が合った二人は同時に口を開く。

「「あの……」」

「あ、あなたからどうぞ……」

「いいえ、テリル。あなたから」

何度か譲り合いをした後に、根負けしたのはテリルだった。

蜂蜜のようにどこまでも甘やかしてくるイラリオンの言葉に甘えて、咳払いをしてから話し始める。

「実は……クルジェット家から手紙が届きました」

「クルジェット家から、ですか？」

イラリオンの眉間に皺が寄る。

「はい。一度、家に帰って来るようにと。あなたとの結婚のことが広まってしまいましたし、改めて今後のことを話したいと書いてありました」

すぐに何かを言おうとしたイラリオンは、開きかけていた口をそっと閉じた。彼等の求めに応じる必要はない、一緒に行かせてほしい、言いたいことはたくさんあったが、今の立場でイラリオンがそう言ってしまっていいものか、一瞬だけ躊躇《ちゅうちょ》したのだ。

グッと力の入ったイラリオンの口元を見て、彼の優しさと気遣いを感じたテリルは、夜明け色の瞳に決意を込めた。

「そこで……たくさんたくさん考えて、決めたんです。私、クルジェット家をあの人達から取り戻そうと思います」

「本当ですか？」

それを聞いたイラリオンは驚きに眉を上げながら身を乗り出す。

「はい。ずっと……どうでもいいと投げやりに思ってきましたけれど、あの人達は私だけでなく、おじい様やビスキュイ公爵閣下の想いまで踏み躙りました。それに、あなたに言われて私が今世であの人達にされてきた仕打ちをもう一度考え直してみたら、このままにしておいてはいけないと思えるようになりました」

テリルの言葉を噛み締めたイラリオンは、テリルが彼女自身のことを考えてくれたことに感激していた。

そんなイラリオンの輝く瞳に勇気づけられたのか、テリルも瞳に力を宿してイラリオンを見つめ返す。

「でも、私だけではあの人達に太刀打ちできません。だから……イラリオン、どうか私を助けてください」

「もちろんです。いくらでも私が力になります」

すぐにテリルの手に手を重ねて頷いたイラリオンは、持ち上がる頬を抑えることができなかった。喜びが溢れ出すその表情を見て、テリルはクスクスと笑い出す。

「うふふ、どうしてあなたが嬉しそうなのですか？」

「嬉しいに決まっています。あなたがあなた自身のことを考えてくれたうえに、私を頼ってくださったんですから」

こんなに嬉しいことはない、と子どものようにイラリオンは喜ぶ。

そんな彼を見ていると、テリルはこれまでずっと、彼に迷惑をかけたくなくて彼からも自分からも逃げてきてしまったことを後悔した。

考えてみたら、自分だってイラリオンに頼られたら嬉しいに決まっている。

彼が何かを決断したなら全力で応援したいし、誰よりも自分が彼の力になってあげたい。いつどんな時だって彼自身のことを優先してほしいし、心も体も健やかであってほしい。

テリルの気持ちとイラリオンの気持ち。

今も昔もそれはまったく性質の異なるもので、絶対に交わることなどないと思っていたけれど、そうではなかったのかもしれない。

他でもないイラリオンのお陰でそのことに気づき始めたテリルは、より一層愛おしくなっていくイラリオンへ向けて柔らかく声をかけた。

「それで、あなたのお話はなんでしたか?」

目に見えるほど喜びを噛み締めていたイラリオンは、テリルの問いかけに少しだけ考えを巡らせた。

そして静かに首を横に振る。

「……せっかくですから、私の話は今ではなく、全てが終わってからしてもいいですか?」

「終わってから？」

「ええ。先に決着をつけてしまいましょう。そうして他のことを考える余地をなくした時に、改めてお伝えしたいのです。どうせならそのことで頭をいっぱいにしていただきたいので」

どこか意地悪な笑みを浮かべるイラリオンに見つめられて、テリルは甘い予感に火照る頬を隠すことすらできずに頷いた。

「わ、分かりました。じゃあ、その時にあなたの話を聞かせてください。でも私……どんな時だっていつも、あなたのことで頭がいっぱいです」

「……ッ！」

優勢だと思っていた状態から急に形勢が逆転したイラリオンは、赤くなっているであろう頬を必死に隠した。

冷め始めたホットミルクを挟んで赤面する二人は、初々しい恋人同士のような甘い雰囲気を醸し出している。

二人のおこぼれに与れないかと、こっそり厨房を覗いていたネズミ達が肩をすくめて寝床に戻って行く。

なんとも言えない甘酸っぱい空気が落ち着いてくると、ようやく気を取り直したイラリオンが咳払いをして口を開いた。

「あの、お伺いしてもいいですか？」

「はい、なんでしょう？」

「随分と悩まれていたようですが、クルジェット家のこと、どうして考え直す気になったのですか？」

その問いに少しだけ黙り込んだテリルは、窓から見える月を見上げた。

「……もうすぐ満月ですね」

「はい……」

テリルにつられてイラリオンもまた、月を見上げた。

まだ丸には遠いが太り始めた月が夜空に浮かんでいる。

「私の頭の中にある記憶が過去に送られたのは、次の満月の日。その夜明けのことでした」

「あ……」

言葉の意味を理解したイラリオンは、青く真剣な目をテリルに向ける。

「その先の未来を私は知りません。今まで自分の手で変えてきたとはいえ、ずっと未来を知っていましたから。その先に進むことが、ほんの少しだけ怖くて……。でも、あなたと進む未来を楽しみにしたいと思ったんです」

「テリル……」

「だから。新しい未来のために、心の中の憂いにちゃんと向き合って取り除こうと思いました」

素直な心の内を明かしたテリルは、月明かりに照らされて微笑んでいた。

「今は……イラリオン。あなたと迎えるこの先の新しい未来が、とても待ち遠しいのです」

イラリオンの目には、テリルの微笑みがこの世のものとは思えないほどに美しく、眩しく見えた。

何よりも彼女の未来に自分がいることが、奇跡のように嬉しくて仕方ない。

その新たな未来の夜明けが、彼女の瞳のように輝いているであろうことを想像したイラリオンは、そこに在るはずのあるものに思い至りハッとする。

「テリル。私も……あなたと一緒にその未来を見たいです。なので教えてください。あなたの記憶の最後、記憶を過去に送ったその瞬間、あなたと私がいたのはどこですか？」

そう聞かれたテリルは少しだけ戸惑い、それでも記憶を思い起こすように遠くを見て答えた。

「……私達が出会った、あのボンボンの湖です」

ボンボン……と呟いたイラリオンは、顎に手を当てて何かを考え込むと、納得したように表情を和らげてテリルを見る。

「では、その日はボンボンの別荘で一緒に過ごしませんか」

「え？　ボンボンの別荘で、ですか？」

「あの場所で新しい朝を二人で迎えられたら、その先の未来により希望を持てると思いませんか？」

優しく微笑むイラリオンに、テリルはその瞬間を想像してみた。

悲惨な最後を迎えたあの場所で、あの日とは違う美しい朝を二人一緒に迎えられたら。自分の中にある悲痛な記憶も、少しは癒されるだろうか。

「確かに。……あなたと一緒にまたあの場所に戻れるなんて、とても素敵です。思えば私、記憶の中にあるだけで、今世ではスヴァロフ家の別荘には行ったことがないんですよね。ですからぜひ、一緒に連れて行ってください」

楽しそうな顔をするテリルにつられて、イラリオンも笑顔になる。

「では決まりですね。私は初夏になると毎年あそこに行っているので、案内は任せてください」

胸を張るイラリオンの発言に、テリルは不思議そうな顔をした。

「え？　毎年、初夏にですか？　どうして……？」

記憶にはない話を聞いて驚く彼女へと、イラリオンはその青い瞳に茶目っ気を覗かせた。

「決まっているでしょう。幼い初夏の日にあの場所で出会った初恋の誰かさんに、また会いたかったからです」

国宝級令息の完璧なウィンクに見事に撃ち抜かれたテリルは、その言葉の意味が分かるにつれて再び顔を赤くしていった。

◇

「テリル、待っていたぞ……！」

「お父様、お母様、ご無沙汰しております」

約束の日にクルジェット伯爵家を訪れたテリルは、表面上だけは和やかな伯爵夫妻に歓迎されていた。

「急に出て行って何も言ってこないから心配していたのよ」

グイグイと中に通されて、強引に座らされたテリルの向かいに座る伯爵夫妻。

夫人の嫌味な挨拶もそこそこに、伯爵は前置きもなく話を切り出した。

「早速だが、妙な噂が出回っていてな。私達がお前を冷遇して世間を欺いていたと。無論、お前はそんなことがなかったと誰よりも承知しているだろうが、うるさい連中を黙らせてくれないか」

伯爵の横から夫人もまた、今まで一度だってテリルに向けたことのないような笑顔を向けながら早口で喋り出す。

「そうよ。あなたのせいで私達がどれほど誤解されていると思ってるの？　まるで悪人扱いよ。この前なんかビスキュイ公爵に脅されたのよ。こんなに迷惑をかけたのだから、私達のために世間へ向けて弁明して頂戴」

まるでテリルが自分達に協力するのは当然とでも言いたげなその主張に、テリルは無表情のまま口を開いた。

「それの何が誤解なのですか？」

「は？」

「へ？」

予想していなかった答えに驚いたのか、テリルの言葉に伯爵夫妻は固まった。

「私がこの家で冷遇されていたことも、メイド以下の扱いを受けてきたことも事実です。時には暴力だって振るわれましたし、暴言も散々吐かれました。それを公表すればよろしいですか？」

「なっ……！」

「何を言い出すの、この恩知らず！　私達がいつそんなことをしたのよ‼」

途端に笑顔を引っ込めた夫人が金切り声を上げる。

「私は事実を言っただけです。そして、今の私とあなた達。世間はどちらの主張を信じると思いますか？」

少しも動じないテリルの物言いに、伯爵夫妻は怒りを露わにした。

「なんだその態度は！　さてはイラリオン卿の入れ知恵か⁉」

「たまたまいい男を引っかけたからっていい気になるんじゃないわよ、卑しい血の混じった小娘のくせに！」

「……私のことをどうこう言うのは構いませんが、彼を悪く言うのは許しません。それに、私は何一つ間違ったことを言っていません」

怒り狂う夫妻に対し、テリルはピシャリと言い放つ。

「今日は、もう二度と私と私の夫に関わらないでほしいと伝えに来たのです」

「……⁉」

そこで伯爵夫妻は初めてテリルの変化に気がついた。

二人の前に座っているのは、これまで伯爵一家が使い捨てのように粗末に扱ってきた華奢な小娘ではない。

夜明け色の瞳を少しも揺らすことなく、背筋をピンと伸ばして堂々と話す高貴な貴婦人。

伯爵家にいた時はボロボロのメイド服を着ていたが、今のテリルは次期侯爵夫人にふさわしい洗練されたドレスを身に纏い、揺るぎないオーラを醸し出している。

自分達の知る娘とはまったく違うその姿に気圧《けお》されながらも、伯爵夫妻がなおも言い募ろうとした時だった。

「だ、旦那様、奥様！　お客様が……」

メイドの慌てた声と共に入って来た人物を見て、伯爵が掠れた声を上げる。

「イ、イラリオン卿……!?」

「そろそろ話が終わった頃かと思いまして。妻を迎えに来ました」

優雅に頭を下げたのは、他でもないテリルの夫。国宝級令息と名高いイラリオン・スヴァロフだった。

「何をおっしゃいますの！　今来たばかりで話はまだこれからですわ！」

信じられないとばかりに叫ぶ夫人へとイラリオンは感情のない目を向ける。

「これ以上、妻があなた達と話すことはないと思いますが」

「な、なんですって!?」

伯爵夫妻を無視して妻の前まで来たイラリオンは、その青い瞳に愛おしさを滲ませて問いかけた。

「テリル、言いたいことは言えましたか？」

「はい。同行すると言ってくださったのに、わがままを言って一人で来てごめんなさい。もう話は終わりました。行きましょう」

「お、おい！　待て、テリル！」

イラリオンの手に掴まって本当に帰ろうとするテリルを止めようとした伯爵からさらりとテリルを守ったイラリオンは、思い出したように告げた。

「ああ、そうそう。伯爵閣下。ついでに、私の親友が閣下にお話があるようです」

「は？　何をわけの分からないことを……」

意味深なイラリオンの言葉に狼狽えた伯爵は、扉口に立った人物を見て目を見開いた。

「王太子殿下⁉」

鋭い目で伯爵を見下ろした王太子ヴィクトルは、淡々と宣言した。

「ビスキュイ公爵から告発があった。先代クルジェット伯爵の遺言状を現伯爵が意図的に破棄した疑いがあると。公爵は自らの爵位を賭けて証言すると言っている。筆頭公爵家の当主にそこまでされてしまえば、王室としても黙っていられない。徹底的に取り調べさせてもらおう」

「先代の遺言状ですと？　い、今さらではありませんか……そんな昔のことっ！」

怯えた表情の伯爵が絞り出した言葉をヴィクトルは一蹴した。

「調査して何も出なければそれまでだ。やましいことがないのなら問題ないだろう？」

有無を言わせぬ王太子の合図により、クルジェット伯爵家にはイラリオンの部下である王室騎士団が詰めかけた。

「ちょっと！　なんなのよ、いきなり入って来て！」

テリルが来ると聞いて部屋に閉じこもっていたのか、押し入って来た騎士達にソフィアが叫び声を上げる。

　抵抗する伯爵一家を押し除けて行われた捜査はそこまで時間がかからずに終了した。

「この家の離れに、タラス・クルジェットの遺したもう一つの遺言状が隠されていた」

　あの日テリルの瞳を見て記憶を思い出したヴィクトルは、タラスとの約束を果たすために率先してクルジェット家の離れを探し回った。

　そうしてテリルの記憶とイラリオンの推測を元に、動物達が寄りつかない離れの庭の一角で、保護魔法をかけられ埋められていた遺言状を見つけ出したのだ。

　遺言状にはテリルをクルジェット家の後継者として指名し、全てを相続させる旨と、もし他の者がクルジェット家を掌握し家門の財産を得ていた場合、先に遺した遺言状を意図的に隠匿または破棄された可能性があると記載されていた。

「筆跡鑑定は済んだ。魔塔の魔術師により偽装魔法がなされていないのも検査済みだ。その内容は事前に告発のあったビスキュイ公爵の証言とも合致する。王室はこの遺言状を本物と認める」

　新たな遺言状を突きつけられた伯爵は、目を血走らせて怒鳴った。

「こんなのは馬鹿げている！　これは家門の問題だ！　いくら王太子でも、こんな横暴は……」

「十八年前。王室が貴様をクルジェット伯爵として認めたのは、建国時からの功臣クルジェット家門の存続に関わる問題だったからだ」

　かつて先代伯爵に暴れん坊とまで称されたことのあるヴィクトルは、冷静な声でクルジェット伯爵の主張に反論する。

「当時テリル嬢は幼く、先代からの正式な指名がなかったことを理由に貴様は自らが爵位を継ぐのに適任だと主張した。唯一の直系であったテリル嬢を引き取り保護すると誓った貴様に爵位と財産が継承されたが、それが偽証で先代の指名した正統な後継者がテリル嬢だったと分かった今、キュイエール王室はクルジェット伯爵家の事情に介入する義務がある」

「ぐっ……！」

何も言い返せない伯爵に向けて、ヴィクトルは国王から預かったという勅書《ちょくしょ》を堂々と読み上げた。

「長年王室の忠臣であった先代伯爵タラス・クルジェットの遺言状により、テリル・スヴァロフ……旧姓テリル・クルジェットこそがクルジェット家の正統な後継者であり、伯爵位を継承するにふさわしいと考えるのが妥当である。また、王室に対し虚偽の宣言をし、先代伯爵の遺言を破棄した伯爵一家の罪は重い。現伯爵ロジオン・クルジェットからは財産と爵位を没収、その後クルジェット家の全ての財産と爵位はテリル・スヴァロフに授けるものとする」

この短時間であまりにも用意周到に全てを奪われた伯爵は、両手両膝を地面につけて項垂《うなだ》れた。

「ふざけるな……こんなことで、全部終わるなんて……」

絶望する伯爵を見下ろして、ヴィクトルはテリルを振り返った。

「本来であればこれは王室を欺いた侮辱行為。彼等は斬首刑、良くても終身刑だ。だが、今回は特別にテリル嬢の意向を反映するようにと陛下からお達しがあった。テリル嬢、君はどう思う？」

一度イラリオンと目を合わせたテリルは、心配そうな彼に向けて頷いて見せた。そして三人の前に立つ。

「お父様、お母様、ソフィア」

テリルが呼びかけると、三人は憎しみと不安の入り混じった目を長年虐げ続けてきた娘に向けた。

「私はあなた達の減刑を嘆願しようと思っています」

「なっ⁉」

「どんな形であれ、私を育ててくれたことに対する最低限の恩義からです。その代わり、一つだけ条件があります。これまでのことを……誠心誠意謝罪してください。それで全てを水に流します」

慈悲深さすら感じるテリルの言葉に、真っ先に飛びついたのは伯爵だった。四つん這いで地べたを這い、テリルの前に縋りつく。

「テリル、私が悪かっ……」

「嫌よ！」

そのまま地面に頭を擦りつける勢いで詫びようとした伯爵を押し除けて、ソフィアが自慢の金髪を振り乱しながらテリルを睨みつけた。

「どうして私があんたなんかに謝らなければいけないの！　格下のくせに……っ！　出来損ないのくせに、ちょっとイラリオン卿に見初められたからって偉そうに！　あんたはいつだって、私の下にいなきゃいけないの！　私があんたより下だなんて絶対にあり得ない！」

「おい、ソフィア……！」

「やめなさい、ソフィア！」

慌てた伯爵夫妻が止めようとするが、そんな両親をソフィアは鬼の形相で睨みつける。

「なぜ止めるの!?　お父様もお母様も私のほうがあの女よりずっと優れてるっていつも言ってたじゃない！　穢《けが》らわしいテリル、自分を見てみなさいよ！　本当にあんたなんかが彼に釣り合うと思っているの!?　身の丈を知ったらどうなのよ、この……っ」

絶叫し続けるソフィアの口を塞いだのは、王太子ヴィクトルだった。

これ以上は聞くに耐えないと思ったのももちろんあるのだが、それ以上に王室騎士団長にしてソードマスターである親友の動きが目に入ったのが大きかった。

ヴィクトルは、燃えるような目をしたイラリオンが剣に手をかけたのを見てしまったのだ。

ヴィクトルがソフィアの暴言を止めなければ、彼女の首は一瞬で天高く飛んでいたかもしれない。

なんらかの刑は免れないとはいえ、罪状が確定していない令嬢を英雄が惨殺はさすがにまずい。

それでも静かな怒りを滲ませるイラリオンに対して、当のテリルはどこまでも落ち着いていた。

「残念だわ。私は最後のチャンスを与えたのに、あなたはそれすら踏み躙るのね……」

三人に背を向けたテリルは、ずっとうしろで寄り添ってくれていたイラリオンに手を伸ばした。

「イラリオン、もう行きましょう」

「はい。あなたがこれ以上ここにいる必要はありません」

イラリオンの手に引き寄せられたテリルは、去り際にヴィクトルへと頭を下げた。

「殿下、ご尽力ありがとうございました。あとのことは王室にお任せします。規定通りに裁いてください」

「テリル！　待っておくれ、テリル！　私が悪かった！　ソフィアのことはいくらでも斬り捨てて構わん、だから私だけでも助けてくれ！」

「この状況で私達に背を向けるなんて、なんて残忍な娘！　私達に死ねとでも……っ」

叫び続ける彼等の声は、途中で何も聞こえなくなった。

代わりに優しく温かな気配がテリルを包み込んでいる。

イラリオンが魔法で音を遮断してくれたのだと察したテリルは、どこまでも自分を甘やかしてくれる愛しい人の腕にガッチリと捕まえられて、思わずクスクスと笑っていた。

自分以上に怒り、悲しんでくれる人がいる。

それが何よりもテリルの心を軽くしてくれるのだ。

「過保護ですね、私の旦那様は」

「……当然です。王国一の愛妻家を目指してますので」

「あら。それは初耳です。また新しい称号を得るつもりですか」

「ええ。今に見ていてください。そのうち私のことを英雄や国宝級令息と讃える声よりも、ただの愛妻家だと称する声のほうが多くなるでしょうから」

真面目な顔のイラリオンが言う冗談に、テリルはどこまでも励まされる。

前を向く二人がうしろを振り返ることはない。

その後、伯爵一家がテリルの前に現れることは二度となかった。

◇

「本当に……大丈夫ですか？」

馬車の中で向かい合ったイラリオンが心配そうに問いかけると、窓の隙間から月を見上げていたテリルは微笑みを浮かべた。

「ええ。なんだか、スッキリしました」

「スッキリですか……？」

「もっとつらくなったり悲しくなったりすると思ったのですが、あなたがいたから少しも怖くありませんでした。今はただただ解放されたような気分です。本当にありがとうございました」

ビスキュイ公爵とヴィクトルに話を持ちかけ、王室騎士団の精鋭達を指揮し、遺言状の隠し場所をあらかじめ推測して、筆跡鑑定や魔塔の検査が必要になることまで見越して準備し、さらには国王にさえ事前の根回しをして勅書をもぎ取っていたイラリオン。

こんなにも早く彼等との決着がついたのは、他でもないイラリオンのお陰だと知っているテリルは、夫の敏腕ぶりが誇らしくて仕方なかった。

「テリル、あの……ソフィア嬢の言葉ですが」

　イラリオンが一つだけ心に引っかかっていたことを確認しようと口を開くが、しかし。

「気にしてません」

　目が合ったテリルは微笑んでいた。

「あなたが時間をかけて教えてくれましたから。私があなたにふさわしいかどうかを決めるのは、あの子じゃありません。だから私は気にしてません」

　これまでずっと悲観的で自己肯定感の低かったテリルは、何かが吹っ切れたのか、彼女が本来持っている前向きさを取り戻しつつある。

　そのことが何よりも嬉しいイラリオンは、正面から自分を見てくれるテリルの夜明け色の瞳に向かって、満面の笑みを向けたのだった。

「それより、本当にこのままボンボンに向かうのですか？」

　暗くなった道を行く馬車に揺られながら、テリルは首を傾げて問いかける。

「はい。でないと間に合いませんから」

　窓から見える満月。そこから目を離して夫の顔を見たテリルは、眉を下げながら困ったように口を開く。

「実は……あなたの用意してくれたこの馬車、ふかふかで眠ってしまいそうなんです」

　本当に困ったようにそう言うテリルが可愛くて、思わずくってしまうイラリオンは優しい目をしていた。

「ボンボンまで少々距離がありますからね。あなたに快適に過ごしていただきたくて特注した馬車です。今日は疲れたでしょうし、思う存分眠ってください」

枕と毛布まで差し出してくれるイラリオンを見て、テリルは心配になった。

このままでは本当に、イラリオンが愛妻家を通り越して妻バカと言われてしまう日が来るのではないだろうか。

しかし、それはそれで悪い気がしない。

どんな悲惨な記憶を持っていたって、ここまでされてしまえばさすがのテリルも嫌というほど分からせられてしまっていた。

イラリオンは他の誰でもなく、テリルのことを想ってくれている。

彼がテリルだけに向ける甘い声も、静かなのに熱心な青い瞳も、言葉の端の一つ一つ、いつだってテリルを気遣う指先も、テリルに関わることにだけ見せる怒りや悲しみも。

イラリオンの言動や態度全てが、テリルのことを好きだと言ってくれているようで、最近のテリルは何をやってもくすぐったい気持ちになってしまう。

まだほんの少しだけ、テリルの中には臆病な気持ちが残っている。

しかし、それすらもいつか消してくれるだろうと確信するほどの愛を注いでくれるイラリオンに、テリルもまた応えたいと思っている。

「じゃあ、お言葉に甘えて……。別荘に着いたら起こしてくださいね」

「分かりました。良い夢を」

この旅で、あの夜明けを越えたら。

話があると言われているテリルは、甘い予感を感じながら馬車の揺れに誘われて目を閉じた。


馬車が別荘に到着しても、テリルは眠ったままだった。

結局イラリオンは彼女を起こさず部屋まで運んで寝かせた。

すやすやと安心しきったように眠る愛しい人を見下ろしたイラリオンは、そのふわふわの髪が顔にかかるのを直してやりながら、窓から見える湖に目を向けた。

「私も……決着をつけないとな」

深夜に別荘を抜け出したイラリオンは、薄暗い森を抜けて一人湖に向かう。

この時間、その場所で、別の次元のイラリオンとテリルは過去に記憶を戻す術を使った。

だとしたら……イラリオンの計算が正しければ、そこにいるはずなのだ。

イラリオンがどうしても決着をつけなければならない相手が。

「やはり、いたのか」

十五年前、テリルと出会ったその場所に立ったイラリオンは、そこにたたずむ背中へと声をかける。

『……なんだ、来たのか』

億劫そうに振り向いたのは、月の光に溶けそうな半透明の姿をした、もう一人のイラリオン・スヴァロフだった。

第十四章　過去と未来

『この現象を、どう思う？』

　影のようなイラリオンは、あとからやって来たもう一人の自分に問いかけた。

「想定内の術式の反作用だ。過去の改変と時空の歪みにより取り残された意識と記憶の残滓《ざんし》。その時が来たら、君は完全に消滅するだろう」

『なるほど。僕は君に送るはずだった記憶の塊でしかないと思っていたが、それがこうして一時的に自我を持てたのは興味深いな。君の言う通り、僕が存在できるのは術を展開していたこの数時間だけだろうな』

　二人のイラリオンは、目も合わせず淡々と会話を続ける。

「……このまま何もせず消えるつもりか？」

『何も、と言われても。テリルの新しい未来に僕は存在するべきじゃない。一刻も早く消えてしまうべきだ』

　その場に座り込んだ影のイラリオンは、眩しそうに月を見上げながら呟く。

『僕は君がうらやましいよ。この先の彼女の未来にいられるなんて。どうして同じ自分なのに、こうも違っているんだろうか』

　その隣に同じように座り込んで、イラリオンは月を見上げる。

「私は君がうらやましい。彼女と数え切れないくらいの時を共に過ごし、その記憶に深く刻まれているなんて。嫉妬でどうにかなりそうだ」

テリルの過去と未来を挟んで対極にいる二人は、同じ外見に同じ格好で似て非なる憎しみをぶつけ合う。

『はは。そうだな。僕は君よりもずっと多くの時を彼女と過ごした。なのに僕は……彼女を守れなかった』

「………」

『君は僕みたいにならないでくれよ』

そこでようやく目が合った二人のイラリオン。

鏡を見ているわけではないのに、そこにいるのは自分ではない自分。

その考えも想いも手に取るように分かってしまう二人は、しばらく互いを観察していた。

「なぁ……私と一緒に未来を生きないか」

不意に、この先も生き続けるイラリオンが消えゆくもう一人の自分にささやきかける。

それを聞いた影のイラリオンは、透ける青色の瞳を見開いた。

『どういうことだ？　君は僕を恨んでいるだろう？　殴り倒したいくらいに』

「君も私を妬んでいるじゃないか。取って代わりたいと願うくらいに」

『当然だ。彼女を奪われるんだから。……滑稽だな。同じ人間なのに、互いを憎んで恨んで妬んでこんなふうに張り合うなんて』

「まったくだ。しかし、このままじゃ君は私と勝負もせず消えることになる。そのくせ彼女の心に巣食い続けるなんて、ずるいじゃないか。それに……彼女の中に、私の知らない私との思い出があるのは許せないからな」

だから一緒に生きようと言うイラリオンに、先ほどよりもその存在が薄くなってきた影のイラリオンは呆れた目を向けた。

『我ながら嫉妬深い奴だ。……僕も君のことは言えないが』

立ち上がり、イラリオンの前に立った影のイラリオンは挑むような目をしていた。

『僕を受け入れるということは、この記憶を引き継ぐということだ。全てを諦めるような苦痛と挫折、絶望の記憶が一度に脳に刻まれる。耐える覚悟があるのか？』

対するイラリオンも、挑むような目を自分に向ける。

「そんなものはいくらでも引き受けようじゃないか。彼女が私のためにそうしてくれたように」

互いに睨み合う二人の沈黙が静かな湖畔に流れる。

『……じゃあ頼むよ、イラリオン』

先に目を逸らしたのは、ますます薄くなっていく影のイラリオンだった。

『僕を未来に連れて行ってくれ』

イラリオンはフッと笑うと、ゆっくりともう一人の自分に近づいた。その姿はもう霞《かすみ》のように朧《おぼろ》げだ。

『せめてもの意趣返しだ。この記憶を引き継いでせいぜい苦しんでくれ。そして絶望して後悔し

て……それを糧に、一生を賭けてテリルを幸せにしてやってくれ』

「望むところだ……ラーラ」

そうしてイラリオンは、消えゆく影のようなもう一人の自分をその身に受け入れようと手を伸ばす。二人の体が重なり同化するのと同時に、イラリオンの頭の中に別の次元を生きたイラリオン・スヴァロフの記憶が流れ込んできた。

記憶の中のイラリオンは、ずっとテリルが好きだった。

初めて会った瞬間からすでに、一目惚れしていたのだと思う。

明るくて大胆で、不思議で素直。コロコロ変わる表情も、自分にはない発想も、その夜明け色の不思議な瞳も、全てが慕わしくて仕方なかった。

最初はテリルの足の件もあり、義務感や罪悪感、そして彼女を守る使命感が大きかったが、テリルと過ごす時が増えるに連れ、イラリオンの気持ちは〝親友〟で留めておくのが不可能なほどに大きくなっていった。

二人の時間を誰にも邪魔されたくなかったし、テリル以外の人間に割く時間がとにかく惜しかった。

幼いうちから自覚していた恋心をイラリオンがすぐにテリルへ打ち明けなかったのは、イラリオンの目標の一つに戦争を終結させることがあったからだ。

いつ死んでしまうか分からない戦場に身を投じようとしているのに、テリルに愛を告げるのは、母との死別を経験したことのあるイラリオンにとって無責任なことのように思えたのだ。

だからイラリオンは戦争から生きて戻ったら、テリルに求婚しようと思っていた。

真っ赤なラナンキュラスの花束を差し出して、永遠に一緒にいてほしいと。

しかしイラリオンは、帰還したその足で訪れたクルジェット伯爵家の離れの庭で、信じられない言葉を聞いてしまう。

『絶対にイヤです！　私は……私は、イラリオン・スヴァロフとだけは何があっても結婚しません！　彼とだけは、絶対に！』

衝撃だった。

他でもないテリルの声で、誰よりも多くの時を一緒に過ごしたあの庭で、自分との未来を否定された。自分がそれほど彼女から嫌われていたなんて、思ってもみなかった。

ショックのまま彼女の前に出たイラリオンの手には、使い道のなくなったラナンキュラスの花束。

それは？と他でもない彼女に聞かれ、咄嗟に王女に持って行くのだと適当な言い訳をして背中に隠した花束は、強く握りすぎたせいでぐちゃぐちゃになっていた。

イラリオンがどんなに恋しく想っても、彼女の中の自分は〝親友〟でしかないのだ。

その後、戦争の功績を讃えられて、英雄の称号と伯爵位を授けられた。

国王からは王女との縁談を持ちかけられたが、やんわりとそれを断った。

浴びるほどの賛辞の中で誰に褒められようと、愛する人からの拒絶がいつまでもイラリオンの心に暗い影を落とし続けていた。

「ねぇ、ラーラ。あなたは……そろそろ結婚を考えたりしないの？」

ある日イラリオンは、テリルからそんな言葉を投げかけられた。

ちまたでは諦めの悪い国王が流したイラリオンと王女との結婚話が噂になっていて、それを彼女が耳にしたからこんなことを聞いてくるのかと思うと、イラリオンはどうしようもなく腹が立った。

「僕は結婚する気はないよ」

胸が痛んで、彼女のほうを見ることができない。

口から出た言葉は自分でも驚くほどに素っ気なかった。

「……どうして？」

その時イラリオンは、少しだけでいいから自分の痛みを彼女に知ってほしいと思ってしまった。

「好きな人がいるんだ」

「え？」

「……けど、その人と結ばれることは絶対にないから。だから僕が結婚することはないよ。永遠にね」

どんな反応をされても傷が抉《えぐ》られそうで、イラリオンは結局、彼女のほうを見ずにその場を去った。


「お前がアイツを殺したんだ！」

グッと襟元を掴まれたイラリオンは、王太子ヴィクトルから憎悪の目を向けられていた。

「よくもエリックを……！　アイツの恋人が誰か知っていて見殺しにしたのか!?　自分だけ助かって何が英雄だ、この卑怯者！　そもそもお前のことは昔から気に食わなかった。いつも俺の誘いを断って見下して、散々馬鹿にして。お前のような奴にアナスタシアは渡さないっ！」

罵倒を浴びせられ、投げ飛ばされ殴られてもイラリオンは抵抗しなかった。

最後までイラリオンを侮辱し続けた王太子が帰っていくと、聞き慣れた車椅子の音がした。

「ラーラ……」

「テリル？　どうしてここに……」

めったにクルジェット家から出してもらえないテリルがスヴァロフ家の邸宅にいることに、イラリオンは何よりも驚いた。

「あなたのお父様が、最近あなたが塞ぎ込んでいるからって私を呼んでくださったの」

「父上が……？」

それだけでイラリオンは父のお節介を理解した。

ちまたでは国王のせいで王女と恋仲だと噂されるイラリオンが誰を想っているか。

父に気づかれていたのかと思うと、気遣いが有り難くも憎らしい。

「ねぇ、さっきの王太子殿下の話……何があったの？」

誰よりも見られたくない人に情けない姿を晒してしまったイラリオンは、もう何もかもがどうでも良かった。

「…………」

エリックとイラリオンは、上官と部下の関係ではあっても、互いに信頼できる戦友でもあった。

『俺、身分違いの恋をしてて……だから、彼女のために必ずこの戦争で手柄を立てて出世したいんです』

戦場でそんな話をする彼に、イラリオンもつい口を滑らせてしまった。

『実は僕も、生きて帰れたら想いを告げたい人がいる』

『ええっ!?　そうなんですか！　じゃあ必ず二人で生きて帰りましょう、団長！』

しかし、手柄を急ぐあまり無茶をするエリックを、イラリオンは止めることができなかった。

重傷を負い捕虜となったエリックを救出するため、単身敵陣に乗り込んだイラリオンは奪還に成功するも、敵地で追い詰められ、エリックを庇い負傷してしまう。

『団長……俺のせいですみません。もう俺は助からないだろうから、どうか一人で逃げてください』

『馬鹿なことを言うな！　部下を見捨てて逃げるわけないだろう！』

『団長も、想いを告げたい人がいるんでしょう……？　どうか生きて帰って、俺の分まで幸せになってください』

エリックは自分を見捨てられないイラリオンを逃がすため、その場で自分の胸に剣を刺した。

王太子の言動から、エリックの恋人が王女だったと初めて悟ったイラリオンは、改めて自分の犯した罪の重さを知る。

部下の命を犠牲にしてまで生還したのに、イラリオンは想いをテリルに伝えることすらできていない。情けない自分に心底嫌気がさした。

「僕は……部下を犠牲にして生還した。殴られて当然のことをした。ごめん、テリル……もう、帰ってくれないか。今は一人にしてほしい」

せっかく気遣ってくれた彼女に、イラリオンはそう言うのがやっとだった。


「イラリオン！　そろそろ例の件、いい返事を聞かせてくれないか」

王宮に呼び出されたイラリオンは、相変わらず国王から王女との縁談を迫られていた。

「陛下、大変有り難いお申し出ですが、やはり私に王女殿下はもったいないと……」

「遠慮するな！　アナスタシアと結ばれた暁には、そなたは大公だ！　誰にも謙遜しなくていいような地位を得られるぞ！」

ガハガハと笑う国王の大声と、失意のまま無気力なイラリオンの会話を聞いたビスキュイ公爵は、鋭い目を二人に向けていた。


そんなある日、新聞の一面を飾った文字に多くの人々が祝福の声を上げた。

双方の意志を顧《かえり》みることなく、国王がイラリオンと王女の婚約を大々的に公言したのだ。

しかし、その翌日。その紙面は真っ黒な内容に変わる。

アナスタシア王女の突然の訃報。

死因は公表されなかったが、イラリオンには王女が自ら命を絶ったのだと容易に想像できた。

「お前のせいだ！」

王女の葬儀の場で、イラリオンは涙を流す王太子ヴィクトルに公衆の面前で罵倒されていた。

「お前のせいでアナスタシアは死んだ。俺は絶対にお前を赦さない。どんな手を使ってでも破滅させてやる……！」

それ以来、ことあるごとにイラリオンを目の敵にする王太子派とイラリオンを擁護する派閥で社交界は割れた。

イラリオンには王太子と対立する理由がなかったが、イラリオンを英雄視する周囲の声が勝手に王太子との対立を助長していく。

「イラリオン、お前に罪はない。全ては私の責任、そしてヴィクトルの逆恨みだ」

娘を失ったことに絶望しながらも、国王はイラリオンの立場に理解を示してくれた。

しかし、タイミング悪くスヴァロフ領が嵐の被害に遭う。

王都から距離を置きたかったイラリオンは率先して領地に出向き、予想以上の被害と食糧危機に直面した。

同様の被害を受けた近隣領地から反感を買うのを覚悟して他領から食糧を買い漁り、領地の危機を脱して王都に戻ったイラリオンを待っていたのは、さらなる窮地だった。

心労がたたったのか、イラリオンの味方である国王が伏せがちになり、王太子派の力が増大していたのだ。

中でも貴族達に衝撃を与えたのは、スヴァロフ家への牽制でビスキュイ公爵が王太子の味方についたことだった。

それに対してイラリオンは特に手を打たなかった。

元々イラリオンは王太子と張り合うつもりもない。

ただもう放っておいてほしいとだけ思っていたからだ。

だが結局、イラリオンの願いは叶わなかった。

「イラリオン。……陛下が崩御された」

父に呼び出されてその話を聞いた時、イラリオンは己の運命を恨んだ。

「王太子殿下は王室騎士団長であるお前が陛下を弑したと主張して、逆賊に仕立て上げようとしている」

王太子がイラリオンを破滅させるためにここまでするとは。

自分が立ち向かわなければ、父にまで迷惑がかかる。

無理矢理王太子との対立に引きずり出されたイラリオンの元には、もう支持者は残っていなかった。

それでもイラリオンとスヴァロフ侯爵は王太子の主張に真っ向から対抗した。

どんなに潔白を証明しても難癖をつけてくる王太子側に辟易しながらも、決して屈さなかったイラリオンはある日、テリルが倒れたという話を聞いてクルジェット家を訪れた。

グッタリと眠って動かないテリルを見舞ったイラリオンを、クルジェット伯爵が呼び止める。

「イラリオン卿とは長い付き合いですが、今後我が家門には関わらないでいただきたい」

「……………」

クルジェット伯爵が王太子に取り入ろうとしていると情報を得ていたイラリオンは、特に驚きもせずその言葉を聞いていた。

しかし、その後に続いた伯爵の言葉には反応せずにいられなかった。

「卿のために時間を無駄にしたせいで、テリルも婚期を逃してきました。まあ、あの足ですからな。元からまともな嫁ぎ先は期待していなかったが、なんとこのたびバーフ子爵がアレを妻に娶りたいと申し出てくれましてね」

「それは……っ！」

バーフ子爵はイラリオンの父よりも歳上だ。子爵は好色家であり、彼の元に嫁いで心身を壊した婦人があまりにも多いことで有名だった。

見るからに取り乱したイラリオンを見て、伯爵はニヤリと笑った。

「陛下暗殺の件ですが、素直に罪を認めたほうがよろしいですぞ。アレは今、私の手の内にある。イラリオン卿がこれ以上王太子殿下を煩わせるのなら、アレがどんな目に遭うか。賢いイラリオン卿ならお分かりでしょう」

邸宅に戻ったイラリオンは、真っ先に父に頭を下げた。

「やってもいない罪を認める気か？　そんなことをすればスヴァロフ家は今度こそ終わりだ。家門を捨てるのか？」

「………………」

「よく考えろ、イラリオン！　家門と彼女、どっちが大事なんだ！」

父に怒鳴られてもイラリオンの心は変わらなかった。

頭を上げようとしないかたくなな息子に、スヴァロフ侯爵はとうとう背を向けた。

呆気なく罪を認めたイラリオンは英雄から一転、逆賊と罵られて処刑を待つ身となり牢に入れられた。

そんなイラリオンを助け出したのは、父とテリルだった。

「逃げろ、イラリオン」

二人を逃がすために盾となる侯爵。

「父上っ！」

「行きましょう、ラーラ！」

テリルに手を引かれたイラリオンは、そのまま空間移動の魔法によってボンボンの湖に飛ばされた。

「いったいどうやって……」

「あなたのお父様が、これをくれたの」

テリルが差し出したのは、幼い頃に父を説得するため作ったスクロールだった。

魔力さえ込めれば遠くにも移動できるそのスクロールを開発して、父に魔術でも認めてもらいたかった。イラリオンの想いがこもったそれを、父は保管し続けてくれたのか。

最後に見た血を流す父の背中を思い出して、イラリオンは奥歯を噛み締めた。

「ラーラ、今ならまだ追っ手が来ないわ。侯爵様が別荘に必要なものを準備してくれているから、それを持って早く逃げて！」

「君も……」

「私は行かない」

「どうして！」

振り返ると、移動の衝撃でテリルの車椅子は壊れていた。地面に座り込んだテリルは、動く気配すらない。

「逃げるのよラーラ。お願いだから、逃げて」

「君も一緒じゃなきゃダメだ！」

「無理よ。この体じゃあなたの足手纏いになるだけだもの。いいから早く行って」

「できるわけないだろ！　君を置いて行くなんて……！」

「もう嫌なのよ！」

振り解かれた手は、妙に痛かった。

「いつもいつも、私ばっかりあなたに助けられて。私だけ何もあなたに返せていないのに……。今回のことだって、私がいなければあなたはいくらでも対処できたはずよ」

夜明け色の瞳からこぼれ落ちるテリルの涙が、月の光に反射する。

「あなたが陛下を殺害するはずないでしょう。……どうしてやってもいない罪を認めたの？」

「それは……」

イラリオンには言えなかった。どんな状況でも彼等を家族だと言っていたテリルに、本当のことなど。

しかしテリルは、自分の身に起きたことを知っていた。

「ソフィアに全部聞かされたわ。私のせいだって……私は、あなたにそんなことをしてもらうような人間じゃないのに！」

テリルの悲痛な叫びが湖面に響き渡る。

「あなたには言えなかった。……私はもう長く生きられない。ずっと飲んでいた足の薬ね、実は足を動かなくする毒だったの。あなたを私に縛りつけるために、伯爵がすり替えていたんですって」

「なっ……！」

「その毒のせいで、私、もうすぐ死ぬみたいなの」

「嘘だ、そんな……君が、死ぬだって？」

「お願いだから、あなたのお荷物にしかなれない、この苦しみから私を解放して！」

「テリル……」

「ねぇ、ラーラ。私、あなたが大好きよ」

それはイラリオンが何よりも彼女の口から聞きたかった言葉だ。

「心から、愛しているわ」

しかし、決してこんな状況で聞きたかったわけじゃない。

「だからもう、バイバイしましょう」

可愛い顔で笑ってイラリオンの心をズタズタに引き裂いていく彼女を、それでもイラリオンは愛している。

「あなたには、幸せになってほしいの」

イラリオンは自分の中の何かが壊れていくのを感じた。

「君は残酷だな……。愛する者がいない世界で、どうやって幸せになれって言うんだ」

涙さえ出ず、呆然と立ち尽くして惨めな自分を嘲笑う。

「何を、どこで間違えたんだろう。ただ僕は、好きなことをやりたいと願って、君と一緒にいたかっただけなのに……」

絶望の中でイラリオンはこれまでの人生を振り返った。

父の跡を継ぐため必死に勉強して、剣を鍛錬して、そして魔術の研究を続けて……夢を追って進んできただけのはずなのに。そこでふとイラリオンは、禁断の手をひらめいてしまった。

「ああ、なんだ。あるじゃないか、方法が」

「ラーラ……？」

「テリル、次は必ず上手くやってみせるよ。僕達二人とも幸せになると約束する。だから、僕に君の魔力をくれないか」

顔を上げテリルの肩を掴んだイラリオンの瞳には、狂気が宿っていた。

それに気づきながらも、テリルは微笑を浮かべて頷く。

「あなたが望むなら、私はなんだってあげるわ」

「ありがとう。全部やり直せるよ。いや、違うな。なかったことにするんだ。今この時を。こんな結末は、永遠に失われるように。葬ってしまえばいい」

湖面に目を向けたイラリオンは、壊れたように笑っていた。

「僕達が出会ったあの日からの全てを、作り替えるんだ」

その一言を聞いたテリルは、イラリオンが何をしようとしているのか察して息を呑んだ。

「まさか、あなたの研究を……？　でもそれは、とっても危険だって言っていたじゃない」

「関係ないよ。だって僕はもう、こんな世界がどうなったっていいんだ。倫理？　世界の均衡？

それがなんだっていうんだ。僕にとって大切なのは、僕と君、それだけだ」

「ラーラ……」

「記憶を送って過去を変えたら君の足だって、自由に立って歩けるようになってる。君は健康で、長生きして。僕はこんなに惨めな思いをしなくて済む」

イラリオンは剣で自分の手のひらに傷をつけると、溢れ出てきた血で長い長い魔術式を書き出した。

「……あなたの今の記憶を、幼いあの日のあなたに送りつけるつもりなの？」

「そうだよ。そうすれば過去の僕が上手く未来を変えるはずだ」

「でも……あんなにキラキラしてた小さいあなたの心が、その記憶で傷ついてしまわない？」

「当然傷つくだろうし、こんな記憶を植え付けられたら精神が崩壊するかもしれない。けど、それがなんだって言うんだ？」

一心不乱に血で術を書き記しながら、イラリオンはただただ美しく笑っていた。

「邪魔者は排除して、何もかも僕達に都合の良いように作り替えるんだ。そのためには精神くらいいくらでも壊してしまえばいいさ。そしていっそのことこんな国、滅ぼしてしまえばいい」

「ラーラ……」

数時間かけて複雑な魔術式を完成させたイラリオンは、テリルの手を取った。

空はすっかり明るくなり、夜明けが近付いている。

素直に母の形見の指輪を外したテリルから、すさまじい魔力と涙が溢れ出す。

その魔力を取り込んだイラリオンの手により、術式が発動した。

「成功したら君は今頃、幸せに笑ってるはずだ。そんな涙はもう流す必要がなくなってる。だから安心して待っていてくれ」

現れた時空の亀裂にイラリオンが手をかけた──その時だった。

繋いだ手を強く引かれた反動で、イラリオンとテリルの位置が入れ替わる。

「テリ、ル……?」

「あなたはそこで待っていて。きっと私が、あなたを幸せにしてみせるから」

微笑んだテリルが時空の狭間に吸い込まれていくのを最後に、記憶は途絶えた。

「イラリオン……！」

「……テリル？」

テリルの声に目を覚ましたイラリオンは、夜明けの光を浴びながら湖畔に横たわっていた。

「心配しました。あなた、目を覚まさないんですもの……」

震えるテリルが涙ぐみながらイラリオンを見下ろしている。

「別荘に着いたら起こしてくれると言ったじゃないですか。一緒に朝を迎えようって。なのに、私を置いて一人でこんなところに来て倒れてるなんて。あんまりだわ。……酷いです、こんなに心配させて」

「すみません。……夢を見ていました」

まだ夢の名残りが残る頭で、イラリオンはテリルの濡れた頬に手を伸ばす。

「夢？」

「はい。とても長くて苦しい夢でした。ですが、その夢を見ることができて良かったです」

「え？」

起き上がったイラリオンは、夜明けの空とテリルの瞳を交互に見てその眩しさに目を細めた。そして静かに口を開く。

「テリル。別にこれは、あの男のために弁明するわけでもなんでもないのですが。一つだけ、誤解を解かせていただいてもいいですか？」

「えっと……？」

急なイラリオンの話についていけず、テリルは困惑する。

しかしイラリオンは、彼女の混乱も承知の上で話を続けた。

「あの日、あなたの庭に散ったラナンキュラスの赤い花束は、王女殿下ではなく、あなたのために用意されたものでした」

一瞬、なんのことを言われているか分からなかったテリルは、庭に散る赤い花弁の記憶を思い出して目を見開いた。

「あの花束をうしろ手に隠して逃げた情けない男は、あの庭であなたに愛を乞うつもりだったのです」

「それって……イラリオン。まさか、あなたが見ていた夢というのは……」

テリルの瞳が瞬く間に潤み出す。

「テリル」

名前を呼ばれたテリルは、小さな嗚咽を上げた。

「あなたが代わりになってくれて良かった。あなたに苦労をさせてしまいましたが、あの時過去に戻っていたのが僕だったら、こんなに穏やかな未来は待っていなかったはずです」

震える彼女を抱き寄せながら、イラリオンは自分の中にいるもう一人の分まで想いを告げた。

「今も昔も、過去も未来も、時空さえ飛び越えて、私が愛するのはいつだって、あなた一人だけです」

「……っ」

「愛しています。心から。この愛を、信じて受け入れてくれますか？」

第十五章　契約満了日

親友である王太子ヴィクトルいわく、美貌の英雄イラリオン・スヴァロフは今や、愛妻家を通り越した妻バカさえ超越した妻狂いだそうだ。

妻の世話は自分がしたいからという理由で相変わらずメイドが一人しかいないイラリオンの屋敷。その庭にはカラス専用の止まり木があちこちにあるし、屋敷の中も妻の好きな動物達が過ごしやすいようにとすっかり改築されている。

他にも、仕事人間だったことが嘘のように毎日定時で帰るし、妻のためにここまでやるか？と言いたくなるようなアレコレを恥ずかしげもなく次々としでかす英雄に、周囲はすっかり呆れ果てていた。

宣言した通りに愛妻家（を通り越した妻バカさえ超越した妻狂い）の称号さえ手に入れてみせた有言実行の男イラリオンは、一枚の紙を妻に差し出した。

「さて、テリル。この一年間、本当にありがとうございました」

「こちらこそ。イラリオンと一緒にいられて、本当に幸せな一年間でした」

「もうすぐこの契約が終わりますね」

二人で署名した契約結婚の契約書。

今日が一年間の期限を設けた契約満了日だ。

「すでに何度もお伝えしているので十分ご存じかと思いますが。私はあなたを愛しています」

今日まで毎日何度も聞かされてきたはずなのに、イラリオンの告白にテリルの耳先は赤くなる。

「はい、嬉しいです。私もあなたを愛しています」

そう答えたテリルは、契約書を持ち上げるイラリオンを見て、ぎゅっと拳を握り締めた。

「でも、まだ少しだけ、不安になる時があるんです。あなたの気持ちを疑っているわけではなく、これは私自身の問題です。どうしても古い記憶がフラッシュバックして……」

「……テリル」

「だけど私はこの先の未来もずっとあなたといたい。だから不安な気持ちをお伝えしたくて話しただけで、絶対にうしろ向きなわけじゃないんです。それだけは分かってください」

イラリオンを気遣って無理をするわけでもなく正直な心を曝《さら》け出してくれる彼女に、イラリオンは温かな目を向けた。

「構いません。いくらでも不安になってくれていいし、その気持ちを私にぶつけてください。そのたびに私があなたの不安要素を一つずつ取り除いてみせます。ですから……」

イラリオンは、互いの指に光る指輪とあの日交わした契約書を見下ろした。

そこには、『どちらかからの解約の申し入れがない限りこの契約は一年ごとに更新される』と記されている。

「あなたが心から安心できるその時まで。この契約結婚を更新し続けましょう。毎年契約が更新されるたび、私は何度でもあなたに求婚します。ですのであなたは毎年少しずつ、私に愛されることに慣れてください」

潤み出すテリルの夜明け色の瞳に、イラリオンの青が映り込む。

「そしていつの日か、あなたが本当に微塵も疑う余地すらないほどに私の愛を信じられたなら。私に愛されることに絶対の自信を持てたなら。その時はあなたからこの契約を終わらせてください。そうして、私の残りの人生を全て貰ってください」

「……あなたは私に甘すぎます、イラリオン。そんなに甘やかして、私をどうする気ですか？」

「決まっています。あなたを私の虜にして、永遠に添い遂げさせるつもりです」

大真面目なイラリオンのその言葉に、テリルは潤んだ瞳でクスクスと笑ってしまう。

「いつからそんなにずる賢い人になったのですか？」

「欲しいものを手に入れるためなら、ずる賢くも薄汚くもなりますし、なんだってします」

清廉潔白の化身のように美しく微笑みながらそう答えるテリルの夫。

真っ赤なラナンキュラスの花束を差し出して、国宝級令息イラリオン・スヴァロフは、その美貌を惜しげもなく晒しながら跪いた。

「あなたを愛しています。次の一年も、どうかあなたの夫となる栄誉を私に与え続けてください」

その花束を受け取ったテリルは、心底嬉しそうな顔で大きく頷くと、この世で何よりも愛する夫の胸の中に飛び込んだのだった。

「はい、喜んで……！」

番外編　親友の祝杯

キュイエール王国の王太子ヴィクトルはその日、気合を入れて親友であるイラリオンの屋敷に向かっていた。

前回は突然の訪問でイラリオンの怒りを買ってしまったが、今度こそは正式な招待を受けての訪問である。

それも、結婚式間近の二人に祝いを述べる絶好の機会。

吟味した贈り物を手に、ヴィクトルは意気揚々と豪勢な馬車で屋敷に乗り付けた。

「イラリオン！　来てやったぞ！」

はりきって馬車を降りたヴィクトルに対し、出迎えたイラリオンは嫌味なほどに四角四面な礼をする。

「王太子殿下。お待ちしておりました」

「なんだ、よそよそしいな。いつも通り普通に話せよ」

イラリオンの肩を叩き気安く声をかけたヴィクトルだったが、顔を上げたイラリオンの低い声に釘を刺されてしまう。

「テリルがどうしてもと言うから招待したが、くれぐれも彼女を不快にさせるような言動は慎んでくれ」

鋭い視線に射抜かれたヴィクトルは頬を引き攣らせながら頷いた。

「わ、分かっている。お前の大事な大事な嫁さんだからな。礼を尽くすと誓おう」

疑わしげなイラリオンの視線に真剣な顔で答えたヴィクトルを見て、イラリオンはようやく彼を屋敷内に通した。

「それにしても……お前の屋敷は随分と賑やかだな」

ヴィクトルはイラリオンのうしろを歩きながら興味深げに周囲を見て呟く。

案内された中庭にはあちこちに止まり木があり、クロウをはじめとした様々な鳥達が自由に飛び交っていた。

ガサゴソと音がしたかと思えば茂みからカワウソの親子が顔を出している。

他にも木の上にはリス達がせわしなく行き交い、素早い動きを止めては木の実を齧っており、木の下ではあくびをしたイタチがフンフンと鼻を鳴らしている。

どの動物もヴィクトルが通ると動きを止めて珍しい客人をジッと見つめる。

不思議そうに見つめてくる複数の視線を感じたヴィクトルは、妙に緊張しながらイラリオンに問いかけた。

「なぁ。俺、何か変か？　すごく見られているが、動物達に襲われたりしないよな？」

「問題ない。好奇心が旺盛で警戒心が強いだけだ。テリルに危害さえ加えなければ攻撃されることはないだろう」

「…………この屋敷内でお前の嫁さんに手を出したらおしまいだな」

一見すると可愛らしい動物達だが、彼等が牙を剥いて一斉に襲いかかってくる姿を想像したヴィクトルは身を震わせた。

「当然だろう。他にも屋敷のあちこちに保護魔法を施して護りを固めているから、この屋敷にいる限り彼女は安全だ」

そして何よりテリルは、王国一のソードマスターであり魔塔の特別顧問魔術師であるイラリオン・スヴァロフが溺愛している妻なのだ。

動物達だけでなくイラリオンを相手にすることを考えれば、普通の人間ならば彼女に手出しをしようとは思わない。

「王国一の愛妻家は違うなぁ」

呆れたようなヴィクトルの言葉を無視して進むイラリオンは、奥のテーブルで待っていたテリルを見つけて弾けるような笑顔を見せた。

イラリオンと目を合わせて微笑んだテリルはヴィクトルにも笑顔を向ける。

「王太子殿下、ようこそおいでくださいました」

「夫人。招待に感謝する」

イラリオンの視線が怖いヴィクトルは、テリルに失礼のないよう適切な距離を保ちながら丁寧に挨拶を交わして席に着いた。

「以前お越しいただいた際は何もおもてなしできなかったものですから、今日はどうぞ楽しんでいってくださいね」

腰を下ろしても少しだけ緊張しているらしいテリルからは、イラリオンの妻として夫の親友であり王太子であるヴィクトルをもてなそうとする気概が感じられる。

「それは有り難い。そうそう、二人にプレゼントがあるんだ」

テリルの想いに応えるように朗《ほが》らかな声を出したヴィクトルは、持っていた包みを二人に差し出した。

「これは……？」

「ペアのゴブレットだ。ヘトカプタ産の純銀を使用している。丈夫で長持ちすることで有名でな。二人の絆がいつまでも強固であるように願いを込めて贈るよ」

「ありがとう」

珍しく感心した顔でヴィクトルを見るイラリオン。

その横でテリルも声を弾ませる。

「とっても素敵ですね。イラリオンとお揃いだなんて嬉しいです」

目を輝かせるテリルを見てイラリオンはすぐさま口を開いた。

「今度から日用品は全てペアで揃えましょう」

「え？」

突然の展開に目を丸くするテリルを見て、面白くなってきたヴィクトルがさらにイラリオンを煽る。

「最近は指輪以外のアクセサリーもペアにするカップルが多いらしいぞ」

「それはぜひ導入しなければ！　テリル、欲しいアクセサリーはありますか？　すぐに宝石商を呼びましょう」

相変わらずテリルのこととなると散財も厭《いと》わないイラリオンは、本当にこの場に宝石商を呼び寄せそうな勢いだった。

「いいえ、私は指輪だけで十分です」

「そう言わずに。せっかくですから贈らせてください」

「本当に大丈夫です。イラリオンだって、アクセサリーをたくさん着けるのはお仕事の邪魔でしょう？」

（確かに二人とも、じゃらじゃらとした装飾品を好むタイプじゃないよな。イラリオンが普段身に着けているものといったら結婚指輪と、それから……）

二人の会話を見守っていたヴィクトルはふと、イラリオンの耳元に光るピアスを見て思わず口を挟んだ。

「そういえばそのピアス、ずっとしてるよな。俺が覚えている限り子どもの頃から常に着けているだろう？　アクセサリーになんぞ興味のないお前が随分と大切にしているじゃないか。特別なものなのか？」

「これは……願掛けみたいなものだ」

「願掛け？」

不思議そうなテリルの呟きに反応したイラリオンは、パチリと合わさった視線を逸らして説明を始めた。

「昔、聞いたことがあるのです。願いを込めて開けたピアスを肌身離さず着けていれば、その願いが叶うと」

どこか居心地が悪そうに話すイラリオンに興味をそそられ、ヴィクトルが横から声をかける。

「ほう。なんでもできるお前がそこまでして叶えたかった願いがあったとは。で、その願いは叶ったのか？」

問われたイラリオンは再びテリルを見た。

ヴィクトルと同じようにイラリオンの話が気になっていたテリルは、イラリオンからまっすぐに向けられた目線に戸惑い、首を傾げる。

「確かに願いは叶いました。子どもの願掛けも馬鹿にできませんね」

「えっと？」

その願いを聞いてもいいものか迷うテリルに微笑んで、イラリオンは正直に話し出した。

「とても単純で子どもらしい願いです。もう一度だけでいい。一目でいいから、初恋の人にまた巡り会いたい、と願いを込めました」

呆れて肩をすくめるヴィクトルの反対側で、イラリオンの言葉を徐々に理解したテリルは頬を染める。

「それは、あの……」

「ということなので。今度は再び巡り会えた初恋の人が一生私の隣で幸せでいてほしいと願いを込めて、お揃いのピアスを購入するのはいかがでしょうか？」

怖いほどに美しく整った顔で迫るイラリオンに、テリルは顔を真っ赤にして口をパクパクとさせるばかり。

「あー！　まったくお前らしいけどな、そういうのは俺が帰ってからにしてくれ。……はぁ。なんだか俺も早く結婚したくなってきた」

自分を除け者にして勝手に甘くなっていく空気を破壊しようと口を尖らせたヴィクトルへ、気を取り直したイラリオンは冷静に答える。

「すればいいじゃないか。二十五歳になれば花嫁探しを許されるのだろう？　きっと君にもいい出会いがあるさ」

父である国王の命令で未だに結婚できていないヴィクトルは、イラリオンの励ましに大きく頷いた。

「そうだな。お前達の結婚式が終わり次第、自分の花嫁を探すことにするよ。俺がいい相手を見つけられるように力添えしてくれ」

「もちろんだ」

「私もお力になれることがあればご協力させてください」

力強く頷いてくれた親友夫婦に気を良くしたヴィクトルは、ヤナが運んで来たカップに手を伸ばし、二人の結婚を祝福するように杯を上げたのだった。

コミカライズ
企画進行中!
漫画
神野える
構成
Ai
原作
sasasa
キャラクター原案
ザネリ
国宝級令息の求婚
続報はPASH UP!や公式Xにてお知らせいたします。
PASH UP!
https://pash-up.jp/
PASH!コミックス
公式X
@pashcomics
PASH!ブックス＆
文庫公式X
@pashbooks

この本を読んでのご意見・ご感想・ファンレターをお待ちしております。
＜宛先＞〒 104-8357　東京都中央区京橋 3-5-7
（株）主婦と生活社　PASH! ブックス編集部
「sasasa 先生」係
※本書は「小説家になろう」（https://syosetu.com）に掲載されていたものを、改稿のうえ書籍化したものです。
※この作品はフィクションであり、実在の人物・団体・法律・事件などとは一切関係ありません。

PASH! ブックス

国宝級令息の求婚

2024年6月17日　1刷発行

著　者　sasasa
イラスト　ザネリ
編集人　山口純平
発行人　殿塚郁夫
発行所　株式会社主婦と生活社
〒 104-8357　東京都中央区京橋 3-5-7
03-3563-5315（編集）
03-3563-5121（販売）
03-3563-5125（生産）
ホームページ　https://www.shufu.co.jp

製版所　株式会社明昌堂
印刷所　大日本印刷株式会社
製本所　株式会社若林製本工場
デザイン　ナルティス（稲見 麗）
編集　上元いづみ

　ISBN978-4-391-16221-9